بلبل ہزار داستان

(بچوں کی کہانیاں)

واجدہ تبسم

Bulbul Hazaar Daastaan *(Kids Short Stories)*
by: Wajida Tabassum
Edition: August '2024
Publisher :
Taemeer Publications LLC (Michigan, USA / Hyderabad, India)

ISBN 978-93-5872-283-3
9 789358 722833

کتاب	:	**بلبل ہزار داستان** (کہانیاں)
مصنفہ	:	**واجدہ تبسم**
صنف	:	ادب اطفال
ناشر	:	تعمیر پبلی کیشنز (حیدرآباد، انڈیا)
سالِ اشاعت	:	۲۰۲۴ء
صفحات	:	۱۰۰
سرورق ڈیزائن	:	تعمیر ویب ڈیزائن

فہرست

قوسِ خیال

اللہ تعالیٰ نے جب دنیا تخلیق کی تو سب سے پہلے قلم بنایا۔ اس پہلے لمحے سے ہی قلم کی اہمیت مسلم ہے۔ اور یہ قلم جب کتابیں تخلیق کرتا ہے تو کچھ اور ہی سوا ہو جاتا ہے۔ کتابیں جو بڑی بڑی سلطنتوں کے تاجوں سے بھی کہیں زیادہ قابل قدر ہوتی ہیں۔۔! ہر کتاب اپنی جگہ اہم ہوتی ہے۔ لیکن وہ کتاب جو بچوں کے معصوم اور ناپختہ ذہنوں کے لیے لکھی گئی ہو، اس کی اہمیت ہی اور ہوتی ہے کیونکہ ایک ذہن جو کچا ہوتا ہے، غلط سلط کتاب پڑھ کر ٹیڑھے راستے بھی اختیار کر سکتا ہے۔ اس لیے میری رائے میں بچوں پر لکھی کتاب کو ہر لحاظ سے مثالی ہونا چاہیے۔ ان کتابوں کو نہ تو نصیحت آمیز باتوں سے خشک اور بور کیا جائے، نہ ان میں نعرہ بازی بھر دی جائے۔ نہ تو کہانیاں اتنی غمگین ہی ہوں کہ پھولوں کی طرح کھلتے ہوئے ذہن غم کی مار سے بوجھل ہو جائیں۔

مجھے یہی احساس ہوتا ہے کہ بچوں کے لیے لکھتے وقت بوڑھا بن کر لکھنا ہی زیادہ مناسب ہوتا ہے۔ کیونکہ آپ بچپن گزار چکے ہوتے ہیں اور اس معصوم زمانے کے بیتے ہر ہر لمحے پر آپ کی گرفت پختہ تر ہوتی ہے۔ آپ اپنے تجربات دوسروں کو

بخش کے زیادہ فراخ دلی اور ساتھ ہی ایمان داری کا بھی ثبوت دیتے ہیں۔ نانیوں دادیوں سے کہانی سننے میں کتنا مزہ آتا ہے۔۔؟ بات اسی بڑھاپے کی ٹھہری ناں۔۔؟

میری "بڑی" کہانیوں کی طرح یہ "چھوٹی" بچوں والی کہانیاں بھی اکثر بالکل سچے واقعات پر مبنی ہیں کیونکہ بہرحال میرا عقیدہ یہی ہے کہ زندگی کے سچے حادثات اور حقیقی واقعات سے ہی خوبصورت کہانیاں جنم لیتی ہیں۔ ان میں سے کچھ کہانیاں میں نے اس وقت لکھیں جب میں بالکل چھوٹی سی تھی۔ کچھ کہانیوں نے مجھے ذرا بڑا پایا اور اب میں ان کہانیوں کو بڑا پا رہی ہوں کہ وہ تمہارے اور میرے بیچ محبت، یگانگت اور دوستی کا واسطہ بن گئی ہیں۔

پیار سے۔۔۔

(واجدہ تبسم)

بمبئی، ۱-۱-۱۹۷۹

بھائی جان اور دھوبی

بھائی جان اور دھوبی کی سدا سے کھٹ پٹ چلی آرہی تھی۔ بھائی جان ٹھہرے ایک فیشن ایبل آدمی۔ اور دھوبی ٹھہرا ایک ہی ناک چڑھا آدمی۔ بھائی جان ہمیشہ صاف ستھرے کلف کے استری والے کپڑے پہننا چاہتے مگر دھوبی اسی مناسبت سے بے حد مڑے تڑے کپڑے بھائی جان کے حوالے کر جاتا۔ ممکن تھا وہ نرمی اور مروّت میں کبھی اچھی استری کر بھی دیتا لیکن بھائی جان ایسے کڑوے مزاج کے آدمی تھے کہ جان جان کر استری میں نقص نکالتے۔ وہ بھی بدلے لینے کی خاطر اوروں کے کپڑے تو جھٹ پٹ استری کر کے دے دیتا اور غریب بھائی جان کے کپڑے برسوں امچور بنے اس کی الگنی پر جھولتے رہتے ـــــ

اس روز روز کی کھٹ کھٹ سے تنگ آکر بھائی جان نے خود ہی ایک عدد استری خریدنے کا تہیہ کر لیا اور صرف سوچ کر ہی بس نہ کیا بلکہ بجلی سے چلنے والی جگ مگ کرتی استری ان کے کمرے کی زینت بن بھی گئی۔ بچوں کو تو آپ جانیں ایسے موقعے خدا دے کہ گھر میں کوئی نئی چیز آئے۔ سب کے سب بھائی جان کے کمرے میں جمع ہو گئے ـــ اب بھائی جان ہیں کہ مارے اتراہٹ کے

اکڑے جا رہے ہیں۔ منّی بے چاری نے ذرا ہاتھ لگایا کہ اُبل پڑے۔

" ارے ۔ کیا کرتی ہے یہ خراب ہو جائے گی۔"

" ابے او جنتو اس کے تار کو کیوں ہاتھ لگا رہا ہے !"

" شمو یاد رکھ اگر میلی ہو گی تو تیرے چہرے پر مٹی بھتو پ دوں گا۔"

مارے ارمان کے میں اپنی فراک اٹھا لائی۔" ہے ہے میرے بھائی جان کیسے اچھے ! ذرا میری فراک سے ہی شروعات ہو جائے۔"

مگر انھوں نے تو میری فراک کو دیکھ کر یوں ناک سکوڑی جیسے میں فراک نہیں بلکہ مرے ہوئے چوہوں کا پنجرہ اٹھا لائی تھی۔ اف وہ لہجے کی حقارت !

" ہونہہ ـــــ مجھے اپنی استری کا ماتم نہیں کرنا ہے کچھ ـــــ ایسے لڑے پڑے بدذائقت کے کپڑوں کو استری کرتا پھیروں گا تو استری آج ہی چوپٹ، کیوں کیا تمہارا دھوبی مر گیا ہے۔"

مارے غصے اور شرمندگی کے میرا منہ تپ گیا۔ یہ لو ـــــ کیسے سڑے آرہے یہ بھائی جان ہیں۔ خود کے کپڑے کون مردہ چوہوں سے کم ہوتے ہوں گے کہ ہم پر رعب گانٹھ رہے ہیں۔ مارے نفرت کے مجھے ان کی طرف دیکھنا دوبھر ہو گیا۔ میں پیر پٹختی آگئی اور باغیچے میں جا کر بیٹھ رہی۔

کرنا خدا کا کیا ہوا کہ اسی دن ہمارے دھوبی رام دین کی استری کھو گئی تھی ! ابھی میں جا کر بیٹھی ہی تھی کہ سر پیٹتا، چھاتی کوٹتا رام دین چلا آیا۔

" ہائے بی بی ـــــ میری استری "

میں جھنجھلا کر بولی۔ "کیا ہوا تمھاری استری کو؟"

"ارے ہوتا کیا بی بی جی ـــ کھو گئی میری استری۔ آپ جانیں غریب دھوبی کی زندگی اور روزی کا آدھا سہارا اس کی استری ہی ہوتی ہے۔ ہائے ہائے ـــ اب میں کیا کروں بی بی۔ تم نے دیکھی کہیں میری استری؟"

"اچھا" میرا ذہن قلابازی کھا گیا۔ "تو یہ بھائی جان ان گنوں کے ہیں۔ غریب دھوبی کی استری مار لائے اور ہم پہ ٹھاٹھ کر رہے ہیں کہ استری خرید کر لائے ہیں! ہونہہ ـــ میری ساری ہمدردی سراسر رام دین کی طرف منتقل ہو گئی۔

"تمھاری استری کیسی ہے بھلا ـــ؟" میں نے ٹوہ لینے کو پوچھا۔ وہ ہاتھ ملنے لگا۔ "اب کیا بتاؤں بی بی جی ـــ کئی بار تو آپ نے بھی میرے کمرے میں دیکھی ہوگی۔"

"نئی ہے نا ـــ؟" میں نے ثبوت لینا چاہا۔

"ہاں بی بی نئی ہی تو ہے ـــ وہ پرانی تو دغا دے گئی ـــ ابھی ابھی تو اسے گاؤں سے جا کر لایا تھا۔"

ایں ـــ! میں نے خود سے پوچھا ـــ گاؤں سے استری ـــ؟

تو کیا گاؤں میں بھی استری ملتی ہے ـــ ہونہہ ملتی ہو گی ـــ مجھے کیا ـــ

میں نے سرتاپا رام دین کی ہمدرد بن کر کہا۔

"دیکھو دھوبی میں بتاتی تو ہوں پر کسی کو میرا نام نہ بتانا۔"

دھوبی راز سننے کی خاطر اکڑوں بیٹھ گیا اور بڑے چمکتے چہرے سے مجھے دیکھنے لگا۔ "قسم لے لو بی بی جی جو کبھی آپ کا نام بتاؤں۔"

میں نے مورچہ مضبوط پاکر راز اگلا۔" تمھاری استری بھائی جان کے پاس ہے۔"
دھوبی زمین سے ۲ گز اوپر اچھلا اور پھر مینڈک کی طرح زمین سے آلگا۔
"میری استری بڑے بھیا کے پاس ـــــ تم جھوٹ تو نہیں کہہ رہیں بی بی۔"
"لے لو ـــــ مجھے کیا پڑی تھی کہ جھوٹ کہتی پھرتی۔" میں نے منہ پھلا لیا
اگر جھوٹ کہنا ہوتا تو فائدہ ہی کیا تھا ـــــ رام دین نے مزید ٹوہ لینے کو پوچھا۔
"اچھا بی بی ـــــ یہ بتاؤ وہ ساڑی کون سے رنگ کی پہنے تھی۔"
مجھے فوراً یاد آگیا پیچھے ہاتھ لگا لگا کر میلی نہ کردیں اس مارے بھائی جان
نے آپا کی ہری ساڑی میں اسے لپیٹ دیا تھا ـــــ میں یاد کرکے وثوق سے بولی
"ساڑی تو ہرے رنگ کی تھی ـــــ"

"ہائے رام ـــــ" دھوبی نے چھاتی پیٹ لی۔" اندھیر ہے بھگوان اندھیر"
ہائے غریب کی آنکھیں آنسوؤں سے ابل رہی تھیں ـــــ دھوبی کی تڑپ دیکھی
نہ جاتی تھی ـــــ مجھے خود بھائی جان پر سخت غصہ آرہا تھا ـــــ خود کو کیا
روپیوں کی کمی پڑی تھی کہ چوری پر تل گئے ـــــ اب بیچارہ کتنی بار نئی استریاں
خریدتا جائے۔ میں نے بڑی ہمدردی سے پوچھا۔
"تم کتنے روپئے میں لائے تھے دھوبی ـــــ؟"
وہ روتے روتے بولا۔" غریب کا دم ہی کتنا بی بی جی ـــــ بس دو بیسی
کی تھی۔ مگر دو بیسی بھی کچھ کم ہوتے ہیں کیا۔" اور وہ پچھاڑیں کھانے لگا۔
"پولیس میں رپورٹ کردو۔" میں اس کے رونے پر پگھل کر بولی۔ پچھلے دنوں

ہماری کالونی میں چوری ہوگئی تھی تو سچ مچ پولیس آئی تھی اور چور پکڑا گیا تھا۔

دھوبی سہم کر بولا۔" بڑے بھیا کو پکڑا دوں ـــــ"؟

" پھر کیا ـــــ" میں لاتعلقی سے بولی۔" جیسا جو کرے گا ویسا بھرے گا،

غریب کی چیز لینا آسان تھوڑی ہے۔ میاں جی کو دن میں تارے نظر آجائیں گے۔"

دھوبی میری ہمدردی سے بے حد مرعوب ہوا، پھر کچھ سوچ کر بولا۔

" پولیس کی بات تو بُری ہے بی بی ــــ سرکار سے کہتا ہوں میں۔"

" ابا سے ــــ؟" میں مایوس ہوکر بولی۔" ابا بھلا کیا کرلیں گے۔"

میرا جی تو یہ چاہ رہا تھا کہ بھائی جان کی اکڑ نکلے اور لوہے کی کھن کھناتی

چوڑیاں انھیں پہننے کو ملیں۔

" نہیں بی بی ــــ گھر کی بات گھر ہی میں رہے تو اچھا نا؟ سرکار سمجھا

بجھا دیں گے تو آگے سے وہ غریبوں کے ساتھ ایسی بے دردی نہ کریں گے۔"

" خیر ــــ تمہارا یہی کہنا ہے تو یہی سہی ــــ مگر دیکھو ذرا اچھے سے کہنا ورنہ

"تمھیں تو معلوم ہے کہ بھائی جان ابا میاں کے بڑے لاڈلے ہیں۔" دھوبی بولا

" بی بی جی میں دو چار پاس پڑوسیوں کو ساتھ لے آتا ہوں گواہی کے لئے آپ

بھی موجود رہنا۔"

" ہاں ہاں میں ڈرتی تھوڑی ہوں۔" میں بہادری سے بولی۔ اور دھوبی اپنی

دھوتی سنبھالتا جھونپڑیوں کی طرف بھاگ گیا۔

دس پندرہ منٹ میں دھوبی اپنے کئی ساتھیوں کو لے کر نمودار ہوا ــــ

پوری پلٹن آبا میاں کے دفتر میں پہنچی۔ جو بیک وقت ان کی آرام گاہ بھی تھا عدالت بھی اور آفس، تو خیر تھا ہی۔ وہ اپنے کسی مقدمے کی کارروائی میں الجھے ہوئے تھے ـــــ پیر دل کی دھپا دھپ سن کر سر اٹھایا اور حیرت سے بولے۔

"کیوں بھئی کیا بات ہے؟"

سب ایک دوسرے کو دیکھنے لگے ـــــ آبا میاں نے پھر اپنا سوال دہرایا۔

"کیا قصہ ہے بھئی"

"جی ـــــ جی ـــــ" رام دین میری طرف دیکھتا ہوا سسک کر بولا

"حضور بڑا اندھیر ہے بڑا اندھیر" اس نے میری طرف اشارہ کیا۔

"بی بی جی سے آپ ہی پوچھ لیں"

"کیا ہوا بیٹی" آبا نے نرمی سے پوچھا۔

"تم ہی کہونا ـــــ" میں بہادری سے بولی۔ "ڈرنے کی کون سی بات ہے بھئی؟"

دھوبی رک رک کر بولا "حضور کیا بولوں ـــــ بڑے بھیا میری استری لے گئے ہیں، غریب کی بھی تو عزت ہوتی ہے۔"

آبا تلملا گئے۔ "جاوید میاں کی ایسی حرکت ـــــ اور تم یوں دبے دبے انداز سے کہہ رہے ہو!!"

"اب کیا کہیں حضور ـــــ غریب آدمی ہیں ورنہ آپ لوگ تو ہمارے ماں باپ کی طرح ہیں، استری تو روزی روٹی کا آسرا ہوتی ہے۔

زندگی کا سہارا ہوتی ہے ـــــ مگر وہ" ہاتھ ملنے لگا۔

"ابا کی وکالت کی نس پھڑکی ۔" کوئی ثبوت ـــــ گواہ! یا یونہی کہے دے رہے ہو کہ تمہاری استری جاوید کے کمرے میں ہے" ابا میاں کو بھی دھوبی اور بھائی جان کی کھٹ پٹ کا تھوڑا بہت علم تو رہتا ہی تھا!! دھوبی نے بڑے اعتماد سے مجھے آگے کر دیا۔

"ہاں ابا میاں ـــــ میں نے اپنی آنکھوں سے دیکھا ہے دھوبی کی استری بھائی جان کے کمرے میں ہے" ثبوت کے طور پر میں نے مزید جتا دیا اور ہری ساڑی پہنے ہے ـــــ جی ہاں"

ابا جان کے کاٹو تو بدن میں لہو نہیں۔ سراسیمہ ہو کر بولے "بلا کر لاؤ تو اس ملعون کو" میں فخر کے ساتھ اندر بھاگی ـــــ دوسرے ہی لمحے بھائی جان کمرۂ عدالت میں حاضر تھے ـــــ

ابا میاں نے ہر ممکن سنبھل کر انہیں مخاطب کیا "بیٹے ہمیں تم سے یہ امید نہ تھی"

بھائی جان کچھ نہ سمجھے حیرت سے بولے "کیسی امید نہ تھی ابا میاں ـــــ"

ابا میاں کڑک کر بولے "دھوبی کی استری کو اپنے کمرے میں رکھا ہوا ہے اور معصوم بن کر پوچھتے ہو کیسی امید ـــــ ؟"

شہ پا کر دھوبی بولا "سرکار ـــــ کبھی کبھار مجھ سے بھول ہو گئی کہ میں نے کپڑوں کو صاف نہ دھویا کلف نہ دیا برابر استری نہ کی۔ مگر یہ نہ سوچا تھا کہ میاں اتنا بڑا بدلہ لیں گے کہ میری استری ...."

بھائی جان الجھ کر بولے "کیا استری استری بک رہے ہو ـــــ میں آج ہی

خرید کر لایا ہوں ابا جان۔"

تو مفت کس کو ملتی ہے بھتیا — ہم بھی تو پیسے دے کر ہی لائے تھے۔"

تو مطلب یہ کہ تمہاری استری میں نے چرالی ہے — نا؟" بھائی جان دیدے نکال کر بولے۔

ابا میاں غصہ ہو کر بھائی جان سے مخاطب ہوئے "جاوید میاں غریب آدمی کو اپنے غصے سے نہ ڈراؤ، سیدھی طرح بات کرو۔ بٹیا نے خود تمہارے کمرے میں اس کی استری رکھی ہے"

بھائی جان میری طرف پلٹے۔ "ہاں ری وہ دھوبی کی استری ہے؟"

"ہو گی — یقیناً ہو گی" میں یقین کے ساتھ بولی۔

"اچھا —" بھائی جان دھوبی سے مخاطب ہوئے۔ "میں خود لئے آتا ہوں تم غور سے ٹھونک بجا کر دیکھ لو کہ تمہاری ہے یا میری"

اک دم باہر سے شور و غل اٹھا — آگئی — آگئی — رام دین کی استری آگئی۔ سب کے سب باہر لپکے — ہری ساڑی میں لپٹی لپٹائی، لاجونتی بنی ایک کم عمر سی لڑکی کو کئی لوگ گھیرے میں لئے آرہے تھے۔ شور مچ رہا تھا۔

"ارے گھر چھوڑ کر آخر جاتی کہاں"

"ندیا کنارے تو گئی تھی"

"اونہہ صبح کی گئی شام کو تو آگئی — چلو بُرا نہیں"

"دھوبی کو سبق تو ملا — اب سے نہیں مارے گا"

اُسی لمحہ بھائی جان اندر سے وارد ہوئے — اس شان کے ساتھ کہ ہری

ساڑی میں لپٹی جگمگاتی استری ان کے ہاتھوں میں تھی ـــ غصّے سے انہوں نے استری ابا جان اور دھوبی کے آگے پٹخ دی۔ "دیکھ لیجئے رام دین جی ـــ یہ آپ کی ہے یا میری۔ اور اس پر بھی یقین نہ ہو تو صدر مارکیٹ چلئے دوکان دار سے پچھوا دوں کہ آج ہی یہ استری میں نے خریدی تھی یا نہیں؟"

میں حیرت سے کبھی اس استری کو دیکھتی تھی ـــ کبھی اس استری کو ـــ دھوبی کھڑا تھر تھر کانپ رہا تھا۔ بھائی جان کے نتھنے غصّے سے پھوں پھوں کر رہے تھے، وہ میری طرف یوں دیکھ رہے تھے جیسے کچا ہی تو کھا جائیں گے۔

ابا میاں نے بڑی رحم دلی سے دھوبی کو معاف کر دیا: "دیکھو! آئندہ سے اگر اپنی استری کو مارا اور وہ گھر سے بھاگی تو ہم سے بُرا کوئی نہ ہوگا ـــ اور آئندہ سے یہ بھی یاد رکھنا کہ اپنی استری کو دھوبن کہا کرو گے ـــ سمجھے یا نہیں ـــ؟"

بھائی جان نے دانت پچ پچا کر مجھے دیکھا مگر ابا جان کی موجودگی میں اف بھی نہ کر سکے، بے چارے بھائی جان ـــ!!

ماں

اُن دنوں میں بہت چھوٹی تھی۔ لیکن سب سے چھوٹی نہیں تھی۔ مجھ سے چھوٹے دو بھائی بہن اور بھی تھے۔ ہم سب ملا کر تین بچے تھے۔ میری امّی میرا ذرا بھی دُلار نہیں کر تی تھیں۔ ہم لوگ بہت غریب تھے نا۔ دن بھر کام کرنا پڑتا۔ امّی گھر کے کام کاج سے فرصت پا کر باہر والوں کی سلائی کرنے بیٹھ جاتیں۔ خالی وقت جو میرے کھیلنے کودنے کا ہونا چاہئے تھا، وہ میرے حوالے چھوٹے بچے کر دیتیں۔

" زہرہ، چھوٹے بھیا کا منہ دھلا دو۔"

" زہرہ، بہن کو کھانا کھلا دو۔"

" زہرہ، جھوٹے برتن پڑے ہیں۔ ذرا دھو ڈالو۔"

" زہرہ، چھوٹے بچوں کے کھلونوں سے نہ کھیلو۔ ٹوٹ جائیں گے تو کہاں سے لاؤں گی؟"

" زہرہ، تھوڑے کپڑے پڑے ہیں دھو کر سکھا ڈالو۔"

" زہرہ، چولہا جلا کر دال چڑھا دو۔ بچے بھوکے روئیں گے تو سِلائی کیسے کروں گی؟"

زہرہ ——— زہرہ ——— زہرہ ———

بس کان پک، جائے۔ بچوں کے کام بھی کرو۔ گھر کے کام بھی کرو۔ مجھے تو اتی سے نفرت ہو گئی تھی ــــ ایسی بھی کوئی ماں ہو گئی۔ نہ کبھی پیار سے بات کی، نہ سر پر ہاتھ پھیر کر پاس بٹھا کر کچھ کھلایا۔ دونوں چھوٹے بچوں کا دُلار تو کر رہی ہیں اور مجھے پلٹ کر پوچھتیں تک نہیں کہ زندہ ہوں یا مر گئی۔ کھانا بھی پہلے دونوں چھوٹے بچوں کو دیتیں بعد میں مجھے۔

اسکول جاتی تو کہیں جا کر گھر کی مصیبت سے نجات ملتی۔ جی چاہتا ہمیشہ اسکول میں ہی رہوں۔ لیکن بھلا یہ کیسے ممکن تھا؟ واپس آتی تو پھر وہی چکر شروع ہو جاتا ــــ وہی منظر۔

امّی چشمہ لگائے مشین پر جھکی بیٹھی ہیں، (ان کی آنکھیں سیتے سیتے کمزور ہو گئی تھیں نا۔) دونوں بچے، انھیں یا پھر ایک، دوسرے کو ستا رہے ہیں، رو رہے ہیں، مشین پر اُودھم مچا رہے ہیں، دھاگہ نکال نکال کر پھینکے دے رہے ہیں۔ امّی خود کو کوس رہی ہیں۔ مگر مجھے دیکھتے ہی ان کے چہرے پر تازگی سی چھا جاتی۔

"زہرہ ــــ آ گئی تو۔"

"جی ہاں، آپ کی نوکرانی آ گئی"۔ میں کہنا تو روز یہی چاہتی لیکن اسکول میں سکھایا گیا تھا کہ ماں باپ سے اور بزرگوں سے ہمیشہ ادب سے بات کرنی چاہئے، اس لئے بس سیدھے سادے انداز سے کہہ دیتی "جی ہاں، امّی۔"

اسکول میں لڑکیاں اپنے اپنے گھروں کی باتیں سناتیں۔ اپنی اپنی امیوں کی محبت بھری باتیں، لاڈ دُلار کی باتیں ــــ اور میں حیرت سے سوچتی ــــ کیا مائیں بھی محبت کیا کرتی ہیں، ہونہہ، فضول باتیں ہیں۔ مائیں تو صرف کام لیا کرتی ہیں اور ڈانٹتی رہتی ہیں۔

ان ہی دنوں اسکول میں اُردو کے پیریڈ میں ٹیچر نے "ماں" کے عنوان پر مضمون لکھنے کو کہا۔ سب لڑکیوں نے مضمون لکھ دیئے میں نے اچھا جا کچھ بھی نہ لکھا۔ کاپی یونہی میرے آگے کوری پڑی رہی۔ ٹیچر نے حیرت سے پوچھا۔ "زہرہ تم نے کچھ نہیں لکھا؟"

میں نے دبے دبے غصے سے کہا۔ "ماں اچھی ہو تو کوئی کچھ لکھے بھی، وہ تو سدا ڈانٹتی اور اور کام ہی لیتی رہتی ہیں۔ محبت تو کبھی کی ہی نہیں ــــ میں ان پر کیا لکھوں۔؟"

ٹیچر ہنستی ہوئی چلی گئیں ــــ "ابھی بچی ہو نا ــــ ماں کی محبت کو کیا سمجھو گی بھلا"۔

"بچی ہوں ــــ میں نے جل کر سوچا۔" پورے گیارہ برس کی ہو رہی ہوں۔"

یہ اُس رات کی بات ہے جب برسات ٹوٹ کر برسی تھی۔ سارا آسمان سیاہ ہو رہا تھا ــــ ہر طرف پانی، پانی اور پانی...ــــ

ہمارے چھپّر نما گھر کی چھت سے مسلسل ٹپکا لگا ہوا تھا اور ہوائیں ــــ؟ ہوائیں تو اس قدر تیز چل رہی تھیں مانو جسم میں سوراخ کر دیں گی۔

اُس رات اتفاق سے مجھے بخار تھا۔ بخار کی شدت سے میرا جسم تپ رہا تھا۔ میں جاگ رہی تھی لیکن تکلیف کی شدت سے آنکھیں بھی نہیں کھل رہی تھیں۔

میرا بستر ٹھیک اس سوراخ کے سامنے تھا جو ٹین کی چادر میں پڑ گیا تھا۔ بارش اور ہوا کا زور بڑھا تو امّی لپکی ہوئی اندر آئیں۔ مجھے ہوا میں ٹھٹھرتا دیکھ کر وہ پاگلوں کی طرح آگے بڑھیں۔

"ہائے اللہ، میری مینا! میری گڑیا! تو بخار میں بھُن رہی ہے۔ ہوا میں ٹھٹھر رہی ہے اور میں ساڑی لپیٹے پھر رہی ہوں!"

امّی کے پاس ایک ہی ساڑی تھی۔ میلی ہوتی تو دھو کر ڈال دیتیں۔ اور سوکھنے تک یُوں ہی تولیہ یا کوئی پھٹی پُرانی چادر سر پر ڈالے گھومتیں کام کرتی رہتیں۔ بستر تو ہمارے ہاں برائے نام ہی تھے۔

پھر میں نے مُندی مُندی آنکھوں سے دیکھا کہ امّی نے ــــ میری پیاری امّی نے اپنی اکلوتی ساڑی جسم سے کھینچ کر اتاری۔

چر چر کر کے اس کے کئی ٹکڑے کر ڈالے ۔ ہر سوراخ میں ایک ایک ٹکڑا ٹھونستی گئیں کہ ہوا نادم ہو کر وہیں کہیں باہر ہی ٹھٹھک جائے اور اُن کی مینا سردی سے بچی رہے۔

اس بات کو کتنے برس ہو گئے ——— ؟ ہائے، کاش آج مجھے کوئی "ماں" جیسا پیارا عنوان دے دے اور ایک مضمون لکھنے کو کہے تو لکھوں ....

مگر کیا لکھوں ——— ؟ آنکھیں جب آنسوؤں سے بھری ہوں تو کچھ دکھائی دیتا ہے ——— ؟

ہمارے چچا

میں اور بھائی جان دو ماہ کی چھٹیوں میں گھر لوٹ رہے تھے۔۔۔ گھر آنے کی خوشی تو ہوا کرتی لیکن کوئی خاص دلچسپی نہ ہونے سے ہم بور ہو جایا کرتے۔ پھر بھی گھر آخر گھر ہوتا ہے۔ ہمارا رکشا ابھی پھاٹک میں داخل ہی ہو رہا تھا کہ اکدم ایک نئی آواز سنائی دی۔ ایسا لگتا تھا گویا مرغ لڑ رہے ہوں۔ میں نے بھائی جان کو اور بھائی جان نے مجھے دیکھا۔۔۔ ہم رکشا سے اتر کر پورچ میں داخل ہوئے تو دیکھا ایک صاحب کرسی پر نیم دراز تھے۔ ہمیں دیکھتے ہی لپکے اور زور زور سے چلّانا شروع کر دیا۔۔۔ گھر کے سب بچے دوڑے آئے۔ تعارف ہوا۔۔۔ سلام کلام ہوا۔۔۔ اور ہمیں پتہ چلا کہ یہ صاحب ہمارے چچا ہیں۔ گاؤں میں رہتے ہیں اور آجکل ہم لوگوں سے ملنے آئے ہوئے ہیں۔ مجھے اور بھائی جان کو کھلونا ہاتھ آگیا۔۔۔ عجیب ڈھب کے تھے ہمارے یہ چچا جان بھی۔

دو تین گذرنے پر یہ معلوم ہونے لگا کہ بغیر چچا کے زندگی بالکل بیکار ہے۔۔۔

چچا جیسا بیوقوف (اگر چچا پڑھ رہے ہوں تو معاف کر دیں) آدمی ہم نے کہیں نہ دیکھا تھا لیکن خود کو اتنا عقلمند سمجھتے گویا کسی زمانے میں لقمان اور افلاطون کے استاد رہے ہوں۔ ایک دن بھائی جان نے مذاقاً پوچھا۔ "کیوں چچا یہ السٹریٹڈ ویکلی ہفتے میں کتنی بار نکلتا ہے ——"

چچا اپنے گنجے سر کو سہلا کر بہت ہی عالمانہ انداز میں بولے۔

"تم لوگ ام۔اے، بی اے ہو گئے تو کیا ہوا قابلیت نہیں آسکتی تم میں —— ارے بھائی ویکلی مہینے میں صرف ایک بار نکلتا ہے"۔ اور فاتحانہ انداز میں ابا کو دیکھنے لگے گویا وہ داد دیں گے چچا کی عقل مندی کی۔

بھائی جان چچا کو بہت ستاتے اور بناتے رہتے ہیں۔ میں ذرا کم ہی ستاتی ہوں لیکن چچا کی ستم ظریفی ملاحظہ ہو کہ مجھی کو اپنا دشمن سمجھتے ہیں کہتے ہیں یہ لڑکی بڑی شیطان ہے —— میں نے ایک دن بالکل سنجیدگی سے پوچھا۔ "کیوں جی چچا۔ بھلا یہ جگر مراد آبادی کہاں کے رہنے والے ہیں"۔ —— چچا پہلے تو بہت سوچتے رہے پھر بولے۔ "شاید لکھنؤ کا ہوگا" —— بھائی کی یہ حالت کہ ہنستے ہنستے لوٹن کبوتر بنے جا رہے ہیں۔ میں بے مشکل ہنسی ضبط کر کے پوچھا۔ "شاید یہ لکھنؤ کا ہوگا تو پھر یہ مراد آبادی کیا بلا ہے"۔ تو بڑے اعتماد سے بولے۔ "اجی یہ تخلص ہے جیسے 'ابو سعید' قریشی' عبدالرحمن چغتائی"۔

چچا نے اب تک سنیما نہ دیکھا تھا۔ ایک دن ہم نے پروگرام بنایا کہ

چچا کو کچھ دکھائیں گے ـــــ چچا اندھیرا ہوتے ہی بوکھلا گئے ـــــ پھر پردے پر ہلکی ہلکی روشنی دیکھ کر ذرا سنبھلے ـــــ اب کھیل شروع ہوا ـــــ ہیرو نے کہا "اُفوہ دس بج گئے مجھے باہر جانا تھا"ـــــ چچا نے جھٹ یہ کہہ کر اپنی گھڑی میں دس بجالئے کہ "افوہ میری گھڑی تین گھنٹہ پیچھے چل رہی ہے۔"

رقّو کی سالگرہ تھی ـــ کئی مہمان آئے ہوئے تھے ـــ چچا تو ایسے موقعوں کی تاک میں رہتے ہیں اور جا بجا اپنی "عقل" خیرات کرتے رہتے ہیں۔ لان میں کئی لوگ بیٹھے ہوئے تھے ـــ ان میں چچا کی مانند کوئی عقل کے پورے بھی بیٹھے ہوئے تھے ـــــ بڑی پریشانی سے بولے ـــ "کیا کریں یار ہمارے ریڈیو میں دلّی کا اسٹیشن بالکل صاف نہیں آتا ـــ" چچا تھوڑی دیر تک تو سوچتے رہے پھر بولے "یہ تو بڑی آسان بات ہے ـــ"

وہ صاحب اچھل کر بولے "کیا کوئی ترکیب لڑ گئی ؟"

چچا بولے "جی ہاں آسان سی بات ہے۔ آپ دلّی چلے جائیے پھر آپ کا مطلب پورا ہو جائے گا یعنی کہ دلی کا اسٹیشن صاف سنائی دے گا ـــ" ان صاحب نے یقین دلایا کہ وہ اگلی صبح ہی مع بیوی بچّوں کے دلّی چلے جائیں گے ـــ اس کے ایک ہفتہ بعد کا ذکر ہے میں چچا کے کمرے میں گئی تو وہ ایک خط پڑھ رہے تھے۔ میں نے پوچھا تو کہنے لگے۔

"دیکھئی وہ ہمارے دوست ہیں نا۔۔۔ اب ان کے پاس حیدر آباد کا اسٹیشن صاف نہیں آتا۔" میں نے کہا پھر آپ کیا جواب دے رہے ہیں؟" تو بولے۔ "اب ان کو واپسی جواب دے رہا ہوں کہ مع فیملی کے حیدر آباد واپس چلے آیئے۔"۔۔۔

چچا کو لڈو بے حد پسند ہیں۔۔۔ ایک بار لڈو بیچنے والا ٹھیلہ سامنے سے چلا کھا۔۔۔ چچا نے رکوالیا۔۔۔ کھڑکی میں خود کھڑے ہیں اور نوکر بھاؤ تاؤ کر رہا ہے۔۔۔ بھاؤ پوچھا تو ڈھائی روپے سیر بتایا۔۔۔ غصہ میں لال پیلے ہو کر بولے "ڈھائی روپے سیر۔۔۔؟ پرسوں ہی میں خود دو روپے آٹھ آنے سیر لایا ہوں۔۔۔ بازار کا فاصلہ ہی ایسا کتنا ہے جو اتنا بھاؤ بڑھا دیا!
۔۔۔ اب نوکر بیچارہ سر پٹک رہا ہے لیکن چچا کی دھاندلی ختم نہیں ہو چکی۔۔۔ دینے والا سمجھ گیا کہ کسی عقلمند سے سابقہ پڑا ہے مسکرا کر بولا۔۔۔ "اچھا جانے دیجئے صاحب دو روپے آٹھ آنے سیر لے لیجئے۔۔۔" چچا نرم پڑ کر بولے "اب کی بار تو لے لیتا ہوں غریب سمجھ کر چھوڑ دیا۔۔۔ لیکن اب سے دو روپے آٹھ آنے سیر کی چیز اڑھائی روپے سیر نہیں لوں گا۔۔۔ میرے پیروں میں ابھی اتنا دم باقی ہے کہ بازار سے خود ہی دو روپے آٹھ آنے سیر لے آؤں۔"

ہمارے چچا رات دن اسی قسم کی سینکڑوں "عقلمندیاں" کرتے رہتے ہیں۔ اگر تم بھی مزہ لینا چاہو تو مجھے کھلونا کی معرفت لکھو۔

ہمارے چچا کتنے عقلمند ہیں۔ یہ بات اب محتاج بیان نہیں رہی ـــــ مگر سوچ رہی ہوں کہ چچا کے اِس "کارنامے" کو سُن کر تم یہ نہ کہہ دو کہ میں ان کے ساتھ زیادتی کر رہی ہوں۔

بھائی جان ام۔ اے میں پاس ہوئے تو ان کے دوستوں نے پارٹی مانگی۔ پارٹی کے دن بڑی گڑ بڑ ہوتی رہی۔ بے چارے چچا نے بھی بہت کام کیا اور دوڑ دوڑ کر ہر چیز لاتے رہے۔ (اور اس سلسلے میں اپنے لنگڑے پن کو بھی بھول گئے) شام کو جب میزوں پر تمام چیزیں سجائی جانے لگیں تو مجھے اکدم خیال آیا کہ اور تو سب کچھ منگوایا گیا ہے مگر سنگتروں کا پتہ نہیں ـــــ بھائی جان نے نوکر کو جلدی سے دوڑانا چاہا تو ہمارے چچا نے اپنی خدمات پیش کر دیں ـــــ چلتے چلتے میں نے یوں ہی کہہ دیا ـــــ "چچا سنتے ہیں ناگپور کے سنگترے بہت اچھے ہوتے ہیں"۔ "آدھا گھنٹہ ـــــ پون گھنٹہ ـــــ ایک گھنٹہ اور پھر ڈیڑھ گھنٹہ گزر گیا۔ مگر چچا اب آتے ہیں نا تب ـــــ مجبوراً بغیر سنگتروں کے پارٹی دے دی گئی ـــــ چچا رات کو بھی واپس نہ آئے ـــــ البتہ دوسرے دن دوپہر کے تقریباً بارہ بجے ناگپور سے ان کا اکسپریس تار آیا۔

"سنگترے لے کر پہنچ رہا ہوں ـــــ میرا انتظار کرو۔"

بھائی جان کے دوستوں میں ایک شاعر بھی ہیں جو "بے زار"

تخلّص کرتے ہیں ـــــ ایک دن بے دل صاحب آئے تو پہلے چچا انھیں بڑے غور سے دیکھتے رہے پھر سنجیدگی سے بولے۔

"کیوں صاحب، کیا آپ کے واقعی دل نہیں ـــــ؟"

ہمارے چچا کی ایک خاص خوبی یہ ہے کہ ہمیشہ ٹیڑھی بحث کرتے ہیں۔ آپ لاکھ سر پٹکئے وہ کبھی اپنی ہار نہ مانیں گے ـــــ ایک دن کتوں پر بات چھڑ گئی۔ سب اپنی اپنی باتیں سنانے لگے ـــــ بھائی جان بولے۔

"میں نے علی گڑھ میں ایک انگریز کے پاس ایک کتا دیکھا جو بکری کے اتنا بڑا تھا ـــــ سب حیرت کرنے لگے۔ میں نے سوچا میں کیوں چپکی رہوں ـــــ میں بھی بول پڑی۔

"میں نے تو یہیں حیدرآباد میں اتنا بڑا کتا دیکھا کہ......"

مگر ابھی میری بات بھی پوری نہ ہوئی تھی کہ ہمارے چچا بول اُٹھے۔

"ارے تم بچے لوگ کیا دیکھو گے۔ میں نے یہیں سالار جنگ کی کوٹھی کے پھاٹک پر اتنا بڑا کتا دیکھا کہ گائے بھی اس کے سامنے چھوٹی نظر آئے ـــــ"

سب بچے تو اس کتے کے تصور ہی سے دم مار کر بیٹھ گئے۔ مگر میں اور بھائی جان نہ مانے۔ میں بولی۔

"تو چچا اصل بات یہ ہوگی کہ وہ کتا نہیں گائے ہی ہوگی!"

اک دم چچا کو غصہ آگیا۔ فوں فوں کرنے لگے! بولے "تو کیا میں جھوٹا

ہوں، اچھا چلو اسی وقت نہ بتادوں تو نام پلٹ دینا میرا۔"

رات کے تقریباً آٹھ نو بج رہے تھے اور سالار جنگ کی کوٹھی یوں ہی اجاڑ سی جگہ واقع ہوئی تھی ــــ سب ڈرنے لگے تو چچا کی اور ہمت بڑھی مگر بھائی جان نے ٹارچ ہاتھ میں لی اور ان کی دیکھا دیکھی سبھی بچے اٹھ کھڑے ہوئے۔ اب مزے سے چلتا ہوا یہ قافلہ سالار جنگ کی کوٹھی تک پہنچا۔ دور سے ہی ہم لوگوں کے اوسان خطا ہو گئے ــــ چچا نے جھوٹ نہیں کہا تھا۔ خوب اونچا پورا عام گائے کی جسامت سے بھی بڑا کتا بھوں بھوں بھونک رہا تھا۔ چچا نے فتحمندی سے للکارا ــــ "میں نہ کہتا تھا؟"

بھائی جان نے انھیں روک دیا ــــ "لیکن یہ اندھیرے کی بات تھی لیجیے اب اجالے میں بھی دیکھ لیجیے!" اور یہ کہہ کر بھائی جان نے ٹارچ کی روشنی کتے پر پھینکی! پھاٹک پر خوب بڑی سی گول مٹول کھڑی تھی اور اندر سے کتے کے بھونکنے کی آواز آرہی تھی ــــ!!

سب نے اکرم چچا کو قائل کرنا چاہا مگر چچا وہاں سے غائب تھے!

اس واقعہ کو ایک ہفتہ گزر چکا ہے مگر چچا کا اب تک پتہ نہیں غالباً اپنی شرمندگی مٹانے بڑے چچا کے یہاں چلے گئے ہیں۔

(۲)

ہمارے چچا بچپن میں بڑے فرماں بردار قسم کے بچے تھے۔ یہی وجہ ہے کہ وہ ذرا کچھ لنگڑے ہیں ــــ بات کچھ بھی نہیں شاید دادا ابا نے

کبھی کہہ دیا تھا کہ " ہمیشہ اپنے استاد کے نقشِ قدم پر چلنے کی کوشش کرو ـــ " تھوڑے ہی دنوں بعد ایک دن دادی اماں نے دیکھا کہ چچا لنگڑاتے چلے آرہے ہیں۔ پوچھ گچھ کرنے پر پتہ چلا کہ " آج ماسٹر صاحب موٹر سائیکل پر سے گر پڑے اور ان کا پیر ٹوٹ گیا۔ آپا نے کہا تھا استاد جیسا بننے کی کوشش کرو۔ میں بھی جھاڑ پر چڑھ گیا اور جان بوجھ کر گر پڑا!" اور اس طرح " استاد جیسا بننے " کی کوشش کو انہوں نے پورا کر دکھایا۔ آج بھی ہمارے چچا کا کہنا ہے کہ شاگردوں کو ان سے سبق لینا چاہئے! (جو جو شاگرد پڑھ رہے ہیں خبردار ہو جائیں!)

ہمارے چچا بے حد عقل مند ہیں۔ ایک دن چچا کے کسی دوست کے تین سالہ بچے کا انتقال ہو گیا۔ چچا بھی میت میں تشریف لے گئے ـــ وہاں قبر کی کھدائی پر، کھدائی کرنے والے سے کچھ تو تو میں میں ہونے لگی۔ ہمارے چچا کو لوگوں کے جھگڑے چکانے میں بہت مزہ آتا ہے گورکن سے بولے " کیوں جھگڑ رہے ہو بھئی ـــ سیدھی طرح قبر کیوں نہیں کھودتے ـــ "

گورکن بولا ـــ " واہ صاحب ـــ جھگڑے کی بھی ایک ہی رہی ـــ اتنی قبر کے پانچ روپے بھی نہ مانگوں ـــ ؟ چچا صلح کے انداز سے بولے۔ " ارے بھائی جانے دو ـــ بڑا بچہ مرے گا تو بڑی قبر کے پانچ روپے لے لینا۔ اب تو تین میں ہی کام کر دو "

ننھے میاں ہر ہفتہ واری امتحان میں دھڑادھڑ فیل ہو رہے تھے رپورٹ آتی اور بڑا تعجب ہوتا کہ یہ کیا ہو رہا ہے ـــــ ایک دن بھائی جان نے ننھے کے کان اینٹھے "کیوں رے ـــــ اس طرح لڑھکتا رہا تو سالانہ امتحان میں کیا کرے گا؟" پتہ چلا کہ ننھے میاں کو پڑھانے کا سارا بار چچا نے اپنے ذمے لے رکھا ہے۔ اور حساب کچھ یوں کرواتے ہیں

سوال ۔ ا، ب اور ج ایک کام تین دن میں کرتے ہیں تو د اسی کام کو کتنے دن میں کرے گا؟

جواب ۔ د کہتا ہے تین تین آدمیوں کا کام اکیلا کیسے نبٹاؤں۔

سوال ۔ حامد اور محمود ۵ کوس کا چکر ۱ منٹ میں لگاتے ہیں تو احمد اکیلا کتنی دیر میں لگائے گا؟

جواب۔ حامد اور محمود کے پاس سائیکل ہو گی احمد جواب دینے سے معذور ہے ـــــ اس کے ابا سائیکل دلا دیں گے تب بات بنے گی! ننھے میاں کا نتیجہ ظاہر تھا ـــــ!!

ہمارے چچا میں اور جہاں کئی "خوبیاں" ہیں وہیں ایک یہ بھی ہے کہ کسی نئے ملاقاتی سے (اور خصوصاً وہ سوٹ پہنے ہو!) بہت مرعوب ہو جاتے ہیں اور اس وقت اتنے بدحواس ہو جاتے ہیں کہ ہنسی روکنا مشکل ہو جاتی ہے! ایک دن بھائی جان نے اور میں نے پروگرام بنایا کہ چچا کو ڈاکٹر داس

کو دکھایا جائے۔

ڈاکٹر صاحب کو دیکھتے ہی چچا بوکھلا گئے ــــ ڈاکٹر صاحب ہمارے پروگرام میں پہلے ہی شامل کر لئے گئے تھے۔" سچ ـــ سچ " ڈاکٹر صاحب نے چچا کو دیکھتے ہی افسوس شروع کیا ــــ "بالکل خراب صحت ہے ــــ کسی اونچے مقام پر جانا چاہیے آپ کو ــــ !" پھر بولے ! "ناشتہ میں آپ نے کیا کھایا تھا ــ؟" "جی ـــ جی ـــ چچا سٹ پٹا کر بولے ـــ" مرغی نے میرا انڈا کھایا تھا ــــ ڈاکٹر صاحب کا ہنستے ہنستے بُرا حال ہو گیا ـــ اُسی شام کا واقعہ ہے۔ میں چچا کے کمرے میں پہنچی تو دیکھا انہماک سے اپنا بستر پلنگ پر بچھا رہے ہیں! (واضح رہے چچا زمین پر سونے کے عادی ہیں!) مجھے بڑا تعجب ہوا کہ یہ خلاف عادت حرکت کیسی ــــ میں نے پوچھا ــــ" ارے چچا آپ پلنگ پر تو کبھی نہیں سوتے ــ؟" ــــ بولے ڈاکٹر صاحب نے صبح کہا تھا کہ "اونچے مقام پر جانا چاہیئے!" (مطلب یہ کہ پلنگ "اونچا مقام" تھا!) ابھی کچھ دنوں پہلے بڑے زور شور سے چچا کی شادی کی بات چل نکلی کہیں رہ تو گئی تھی۔ "چچا امی نے آپ کی دلہن کے لئے زیورات بنوا رکھے ہیں۔ ایک دن بہت شرماتے شرماتے بڑی چچی کے پاس گئے "بھابی جان میں نے سنا ہے آپ نے دلہن کیلئے بہت سارے ٹورنمنٹ بنوا رکھے ہیں۔" "ارے چچا ٹورنامنٹ کے معنی تو گیمس کے ہوتے ہیں۔ آپ کو کہنا ہی تھا تو "اورنمنٹ" کہئے ـــ" افروز بولی ـــ چچا کو بہت غصہ آیا کہ سب ہی ان کا مذاق اڑا رہے ہیں چچی اماں بھی بچوں کے ساتھ ہنسی اڑانے پر تل گئیں!! بس آجکل چچا نے اسی سلسلے میں بات چیت بند کر رکھی ہے۔

چچا اور ٹیلی فون

دو سال قبل، جب تک کہ ہمارے ہاں ٹیلی فون نہیں لگا تھا، ہمارے چچا سے ہمارے تعلقات کس قدر خوشگوار تھے!! اب نہ ہی پوچھئے تو بہتر ہے۔ "کھلونا" پڑھنے والے بھائی بہن "ہمارے چچا" کو بھولے تو نہ ہوں گے۔ یہ وہی چچا ہیں بچو جنھیں خرابیٔ صحت کی وجہ سے ڈاکٹر نے کسی بلند مقام پر جانے کا مشورہ دیا تھا تو وہ بجائے فرش کے پلنگ پر سونے لگے تھے، (اپنے حسابوں وہ بلند مقام پر پہنچ گئے تھے۔) ایک بار کسی سالگرہ پارٹی میں ان سے فرمائش کی گئی کہ فوراً بازار جائیں اور ناگپوری سنترے لے آئیں تو چچا محترم حیدرآباد سے ناگپور روانہ ہو گئے اور وہاں سے تار دیا۔ "سنترے لے کر پہنچ رہا ہوں انتظار کرو۔"

پچھلے چند سالوں سے چچا سے تعلقات ذرا کشیدہ چلے آرہے تھے؛ لیکن اتنے بھی نہیں کہ اسے "قطع تعلق" کا نام دے دیا جاتا۔ تعلقات کشیدہ ہونے کی وجہ بھی سن لیجئے، چچا کی شادی کا رقعہ اُن دنوں وصول ہوا جب سب ہی کے سالانہ امتحانات جاری تھے۔

کوئی جانے کے بارے میں سوچ بھی نہیں سکتا تھا۔ اس لئے سوچا گیا کہ تار ہی دے دیں۔ بھائی جان کے سر پر ذمّہ داری سونپی گئی۔ پتہ نہیں تار کرنے والے کلرک کی بھول تھی یا بھائی جان کی شرارت۔ تار اس مضمون کا چلا گیا۔ "خدا کرے یہ دن آپ کی زندگی میں بار بار آئے۔"

پتہ چلا کہ اس تار کو پا کر چچا بے حد چراغ پا ہوئے اور ان سے زیادہ نئی نویلی چچی بھنائیں ـــــ بعد میں جب ایک ملاقات میں چچا نے ممی کے سامنے شکایت کی تو بھائی جان دبی زبان سے بولے۔

"چچا مجھے اپنی غلطی پر سخت افسوس ہے لیکن میں یہ سمجھتا ہوں کہ تار اگر غلط تھا تو بھی یہ سعادت خوش نصیبوں کے حصے میں ہی آتی ہے"۔

بہرحال یہ بات تو یوں ہی بیچ میں آگئی۔ اصل قصہ یہ تھا کہ ساری گڑبڑ نئے سرے سے فون نے پیدا کی ـــــ ہوا یہ کہ جیسے ہی ہمارے ہاں ٹیلی فون لگا کالونی میں پہلا فون ہونے کی وجہ سے سب کے لئے تماشا ہو گیا۔ تماشے کی منزل سے گزرنے کے بعد لوگوں کو احساس ہوا کہ یہ تو بڑے کام کی چیز ہے۔ آفس سے گھر، گھر سے ہاسپٹل، اسٹیشن، ایر پورٹ، کتنی جگہیں ایسی ہیں جہاں سے بیٹھے ہی بیٹھے کام آسان کیا جا سکتا ہے۔ یہ سوچے بغیر کہ "اہل فون" پر کیا گزرتی ہو گی کچھ ہی دنوں میں یہ حال ہو گیا کہ پاس پڑوس کے سب ہی لوگوں نے اپنے اپنے پاکٹ میں ایک چھوٹی سی چٹ پر ہمارا فون نمبر لکھ لیا ـــــ

فون کرنے کے لئے آنے والوں کا تو پوچھئے ہی مت۔ باقاعدہ کیو لگنے لگے ــــ گھر بیٹھے کال بھی اتنے آنے لگے کہ ہمیں باقاعدہ ایک نوکر رکھنا پڑا جس کا کام ہی صرف یہ تھا کہ وہ پاس پڑوس سے جس کسی کا کال آئے، بلا بلا کر لاتا رہے۔ اپنا ہی گھر اجنبی لگنے لگا ــــ (ہمارے خیال میں مشہور شاعر ن م راشد نے اپنی نظم "وطن میں اجنبی" اسی صورتِ حال سے مجبور ہو کر لکھی ہوگی۔ بہرحال) کبھی کبھار نوکر تھک کر سو جاتا تو کال ریسیو کرنے کی مصیبت ہمارے سر آتی۔ کال کچھ اس قسم کے ہوا کرتے۔

"دیکھئے فلیٹ نمبر ۵ میں جا کر کہہ دیجئے کہ ان کی مسز کے خیریت سے لڑکی پیدا ہو گئی ہے۔"

"فلیٹ نمبر ۶ میں کہلوا دیجئے کہ ٹرین آدھا گھنٹہ لیٹ ہے۔ نو کی بجائے ساڑھے نو بجے گھر سے نکلیں۔"

"دیکھئے آپ کو تکلیف تو ہوگی لیکن ذرا فلیٹ نمبر ۴ میں جا کر دیکھ لیجئے اور آ کر بتائیے کہ داداجی کا بلڈ پریشر اب کتنا اور کیسا ہے؟"

"دیکھئے آپ کے سامنے والے فلیٹ میں جو ہم لوگ رہتے ہیں نا۔ آپ پہچان گئیں نا۔ ہم وہی لوگ ہیں تو پلیز اتنا کر دیجئے کہ مسز سے جا کر کہہ دیں کہ......"

پہلے پہلے تو میں نے بہت کرٹسی (اخلاق) دکھائی۔ پھر فون کرنے

والوں کو کچھ اس طرح کے جواب ملنے لگے۔

"دیکھئے آپ کے بازو والوں کے ہاں ڈیلیوری ہونے والی تھی ـــــ تو کیا ہوا؟"

"جی لڑکا پیدا ہوگیا (بغیر کسی معلومات کے) اور جو بھی جس بھی ہاسپٹل کا نام اور پتہ یاد آگیا بتا دیا ـــــ بعد میں فون آتا۔

"بھئی آپ نے کہا تھا لڑکا پیدا ہوا۔ وہ تو لڑکی نکلی ـــــ"

میرا جواب ہوتا "تو کون سی آفت ٹوٹ پڑی۔ میرے خود بھی ایک لڑکی ہے ـــــ میں تو ایک لڑکی کی ماں بن کر بے حد خوش ہوں۔"

کبھی فون آتا۔ "پڑوس والے چاچا جی کی رات طبیعت بےحد خراب تھی اب کیسی ہے؟"

"جی بڑے افسوس کی بات ہے، لیکن موت حیات سب خدا کے ہاتھ ہے۔"

پھر تھوڑی دیر کے بعد گھنٹی بجتی "کمال ہے آپ جھوٹ بھی کہتی ہیں۔ چاچا جی تو بھگوان کے کرم سے زندہ ہیں۔"

میرا جواب تیار تھا۔ "دیکھئے اتنے زمانے سے اُن کی بیماری کے تعلق سے فون آرہے ہیں کہ قاعدے سے تو اب تک انھیں مر ہی جانا چاہیئے تھا، لیکن لگتا ہے بہت "حیادار" ہیں۔

اور ماجرا سارا یہ تھا کہ وہ صاحب جن کے تعلق سے دن بھر میں کئی کئی

فون آنے لگے تھے صرف نزلے زکام کے مستقل مریض تھے لیکن بیماری کی پبلسٹی سے وہ بے حد خوش ہوتے تھے

اقوہ بات کہاں سے کہاں پہنچ گئی۔ میں تو یہ کہہ رہی تھی کہ ایک دن میں پتہ نہیں کس دھن میں تھی کہ فون کی گھنٹی بجی اور میں نے بے خیالی میں ریسیور اٹھا لیا ـــــ ادھر سے بڑی غمگین آواز آئی۔

" دیکھئے چچا کا آج رات انتقال ہوگیا..... اور بات ابھی ادھوری ہی تھی کہ میرا ذہن سب سے ہٹ کر سیدھا ہمارے چچا کی طرف چلا گیا ـــــ اے ہے اس قدر اچانک موت پھر میں نے کچھ نہ سنا ـــــ اسی لمحہ تار گھر سے لائن ملائی اور چچی کے نام تعزیت کا تار کر دیا۔

اب میرے خیال سے سنانے کے لئے کوئی بات باقی نہیں رہ جاتی ـــــ تین چار دن بعد جب ٹیکسی سے چچا چچی اترے تو مزید ہنگامہ برپا ہوگیا۔ کیونکہ ہمارے حسابوں تو چچا نہ صرف مر چکے تھے بلکہ اب تک تو منکر نکیر نے ان کا " تیا پانچا" بھی کر دیا ہوگا۔ اس حساب سے تو وہ بھوت ہی ٹھہرے نا ـــــ انھیں دیکھتے ہی جب بچوں نے بھوت، بھوت کے نعرے لگانے شروع کئے تو اب آپ خود سوچ لیں کہ گھر میں کیسی قیامت مچی ہوگی۔ چچی الگ رو رو کر دہائی دے رہی تھیں کہ "مجھ جان جوان سہاگن کو جیتے جی بیوہ بنا ڈالا۔"

چچا سے تعلقات اتنے خراب ہوتے بھی نا۔ لیکن چچی کے یوں دہائی

دینے پر بھائی جان نے بس اتنا کہہ کر آفت مول لے لی کہ "چچا ڈھونڈے سے ایک بھی کالا بال تو آپ دونوں کے سر میں نظر نہیں آتا، ان حالات میں تو خدا کو آپ دونوں ہی پیارے لگ سکتے ہیں"

بس وہ دن اور یہ دن ـــــ چچا سے تعلقات بالکل ختم ہو کر رہ گئے ہیں۔ مجھے ذاتی طور پر چچا سے تعلقات خراب ہو جانے کا بیحد غم ہے کیونکہ چچا ہی وہ واحد ہستی تھے جو ہمیں ایک سے ایک عجوبہ دکھایا کرتے تھے۔ مثلاً ایک بار اپنے گاؤں میں انھوں نے رات کے اندھیرے میں ایک بیل جتنا بڑا کتا دکھایا تھا (جس پر بھائی جان نے ٹارچ کی روشنی ڈالی تو پتہ چلا کہ وہ سچ مچ بیل ہی تھا)

یہ ساری مصیبت چونکہ ٹیلی فون کی لائی ہوئی ہے۔ اس لئے میں نے ٹیلی فون رسیو کرنا ہی چھوڑ دیا ہے۔

تصویر

پھوپھا میاں کو کتوں سے وہ بیر تھا کہ خدا کی پناہ ـــــ جہاں کسی محلے کے کتے نے بھولے بسرے گھر میں پاؤں رکھ دیا اور ان کے مزاج گئے ـــــ پاس کے گھر میں موتی نام کا ایک بڑا پیارا سا کتا تھا۔ وہ جانے انجانے کبھی ہمارے گھر میں گھس آتا تو پھوپھی بی اُسے بڑے پیار سے گوشت کا تکا یا روٹی کا ٹکڑا کھلا دیتیں ـ یہ نہیں تو ہڈی ہی سہی۔ موتی صاحب کی بڑی ساری فیملی تھی۔ موٹی تازی بیگم صاحبہ تھیں اور دو چار موٹے تازے بچے ـــــ

ایک دن بازو والی خالہ جان نے تنگ آکر کتیا کے بچوں کو پھنکوانا چاہا تو ہمارے گھر میں طوفان سا آگیا ـــــ سارے بچے اور خود پھوپھی بی کی رائے تھی کہ ایک پلا اپنے گھر کے لئے لیا جائے اور پھوپھا میاں کا یہ حال تھا کہ مارے غصے کے پھنکے جا رہے تھے :

"یا تو کتا گھر میں رہے گا ـــــ یا میں ـــــ دونوں کا رہنا محال ہے"

چار برس کے ٹلو میاں باپ سے ڈرے بغیر بولے ـــــ "تو پھر آپ چلے جائیے کتے کو رہنے دیجئے ـــــ"

پھوپھا میاں نے دیدے گھما گھما کے صاحبزادے کی بات سُنی اور پھر بھیر کر بی بی سے بولے —
"کچھ سُنا صاحبزادے کیا فرما رہے ہیں۔ یہ بس تمہاری وجہ سے بگڑے جا رہے ہیں — بھلا کوئی باپ کو یوں کہا کرتا ہے —"؟
پھوپی بی ہنسی روک کر بولیں — "اے ہے بچّہ ہی تو ہے — آخر کیا قصور کر دیا۔"
مگر پھوپھا میاں کے تیور یونہی رہے — اور اب تو وہ کسی حالوں اجازت دینے پر راضی نہ تھے — مگر کتّا پالنا بھی ضروری تھا۔ اب سب نے باری باری کتّے کی شان میں قصیدے پڑھنے کی ٹھانی —
"چند اُچکّوں کا زمانہ ہے۔ کتّا رہے تو بے فکری ہی بے فکری۔ نہ چوکیدار کی ضرورت نہ دربان کی —"
"اور جناب کام کتنے کرتا ہے۔ رشید چچا کے پاس جو کتّا ہے وہ اُن کے جوتوں پر پالش کرتا ہے —"
"ہاں ہاں یہ کیوں نہیں کہتے کہ ان کے ہاں کی کتیا کھانا پکاتی ہے —"
پھوپھا میاں چڑ کر بولے —
"آپ غصّہ سے کہہ رہے ہیں مگر یہ حقیقت ہے جناب — سدھائے ہوئے کتّے اس سے بھی بڑھ کر کام کرتے ہیں —" چچا میاں ہنس کر بولے —

" ہمارے ہاں ماشاء اللہ بہت سارے نوکر ہیں ___ کتے کو خواہ مخواہ کیوں تکلیف دی جائے ___" پھوپھا میاں رکھائی سے بولے ___

"ہائے توبہ ___، ایسی بھی کیا ڈھٹائی، ذرا بچوں کا دل رکھنا نہیں جانتے۔ بھلا آپ کا کیا جاتا ہے کتا رکھ لیں تو ___" پھوپھی بی اُلجھ کر بولیں ___

" بہت ناپاک جانور ہوتا ہے۔ برتنوں میں منہ ڈالے گا۔ باورچی خانے کی سیر کرے گا ___ اور ......"

" ہم اس کو زنجیر سے باندھ کر رکھیں گے۔ کئی آوازیں ایک ساتھ ابھریں ___ اور پھر اتنی چیخ و پکار مچی کہ پھوپھا میاں ہار مان گئے ___ مگر غصہ ابھی تک اترا نہ تھا ___ بولے ___

" اور جو کبھی میرے کمرے کے پاس پھٹکا تو، تو ایک دم شوٹ کر دوں گا ___" ننھا سا پلا پیوں پیوں کرتا ہوا ہمارے گھر آگیا۔ سب صلاح و مشورے سے "ٹابی" نام رکھا گیا ___ ٹابی میاں کی شان نرالی تھی۔ سب کے لاڈ دلار نے ان کو کچھ سے کچھ بنا دیا ___ گلے میں گھنگھرو۔ پیٹھ پر جھولنا ___ پیروں میں جھنک جھنک چھاگلیں ___ وہ لاکھ چڑ چڑ کر زیور اتارنا چاہتے مگر کوئی اُنھیں اتارنے نہ دیتا ___ گھر کے کونے میں نیم کے پیڑ سے ان کی زنجیر بندھی رہتی ___ بیچاروں کو کہیں آنے جانے کی آزادی نہ تھی۔ اور پھوپھا میاں کے کمرے کی سرحد سے تو وہ یوں بچائے جاتے کہ بس ___ اب جناب ان کو اچھی اچھی باتیں سکھائی جانے لگیں۔

کوئی گیند دور تک پھینک دیتا اور ٹابی میاں اٹھالاتے — مہمانوں سے وزیٹنگ کارڈ لے کر بھائی جان کو لاکر بتاتے — مہمان جانے لگتے تو ایک ٹانگ سے سلام جھاڑتے — بڑی کوششوں سے ان کو دروازے کی زنجیر کھولنا سکھایا گیا — اگر کوئی پوچھتا —

"کیوں بھئی ٹابی میاں — ڈرائننگ روم کدھر ہے —" تو وہ آگے آگے بھاگے جاتے اور عین ڈرائینگ روم کے سامنے رک جاتے اور تو اور انھوں نے ایک بار ایک چور بھی پکڑ دکھایا — ہوا یوں کہ محلے کے کوئی صاحبزادے اپنی قمیض کے دامن میں ہمارے ہاں کا مرغی کا بچہ چھپائے بھاگ رہے تھے کہ ٹابی میاں نے عین موقع واردات پر جالیا — ہر کس و ناکس کی زبان پر ٹابی میاں کے چرچے! غرض وہ اچھے خاصے "ہیرو" بن کر رہ گئے۔

مگر پھوپھا میاں کی تیوری سے بل ابھی بھی نہ اترے۔ وہ ہر لمحہ اسی تاک میں رہتے کہ ٹابی میاں کو نیچا دکھانے کا موقع مل جائے۔ مگر وہ بھی ایسے چالاک کہ کبھی مالک کو شکایت کا موقعہ نہ دیا — روز پانچ بجے جب پھوپھا میاں آفس سے واپس آتے تو وہ وہیں کھڑے دم ہلا ہلا کر اپنی خوشی کا اظہار کرتے مگر ذرا قریب نہ پھٹکتے — صبح جب پھوپھا میاں آفس جاتے تو خوشی خوشی پھاٹک تک آتے — پھوپھی بی کو اب سچ مچ یوں اطمینان مل چکا تھا جیسے گھر میں کوئی بڑا بوڑھا آگیا ہو —

مزے کی بات یہ تھی کہ بچے شام کو سیر کے لئے جاتے تو خود ٹابی میاں ان کی نگرانی کے لئے ساتھ ہو جاتے — یہ تو خیر ان کا معمول تھا کہ جو بھی باہر جائے اس کا ساتھ دیں۔ اور پھر ساتھ ہی ساتھ گھر کا خیال بھی انھیں لگا رہتا۔

کبھی کبھار پھوپھی بولتیں —

"خواہ مخواہ منہ پھلائے رہتے ہیں۔ بھلا بتایئے تو ٹابی نے اب تک آپ کا کوئی نقصان کیا —"؟

پھوپھا میاں ہٹ دھرمی سے جواب دیتے —" اور مجھے تو کوئی فائدہ نظر نہیں آتا۔ خواہ مخواہ سب گرویدہ ہو کر رہ گئے ہیں —"

ایک بار جاڑوں کے دن تھے — ہلکی ہلکی بارش ہو رہی تھی، سارے گھر میں گھور اندھیرا پھیلا ہوا تھا — پھوپھا میاں کہاں تو پانچ بجے ہی آفس سے لوٹ آتے تھے، یا اب دس بجنے کے باوجود بھی آنے کا پتہ نہ تھا؛ ٹابی رہ رہ کر پھاٹک پر جاتا اور پھر لپٹ کر کھونٹے پر آ کر بیٹھ جاتا — بڑی دیر تک وہ اسی طرح بے تاب رہا اور پھر آخر کار بڑی بڑی آوازیں نکال کر رونے لگا۔ بھونکتے بھونکتے وہ اٹھا اور چھلانگ لگا کر باہر دوڑ گیا —"

رات کے دس گیارہ بجے ہم سب گہری نیند میں تھے کہ اک دم کسی غیبی طاقت سے مجبور ہو کر جاگ پڑے — برآمدے میں لائٹ جل رہی تھی — ہم سب دوڑ کر باہر آئے تو دیکھا کہ پھوپھا میاں

کے کپڑے خون سے تر بتر ہیں اور سامنے ٹابی کی لاش پڑی ہے ۔۔۔

وہ دھیرے دھیرے پھوپھی بی سے کہہ رہے تھے ۔۔۔

"چوروں نے اندھیرے میں اکیلا پاکر مجھے گھیر لیا ۔۔ ایک پستول تانے میرے سینہ پر کھڑا رہا اور ایک جیبوں کی تلاشی لیتا رہا ۔ میرا کام یوں تو سارھے نو بجے ہی ختم ہو گیا تھا ۔ اتنی رات گذری بھی نہ تھی کہ چوروں کا خوف ہوتا مگر بارش کی وجہ سے راستہ میں اندھیرا ہی اندھیرا تھا ۔ لائٹ کے فیوز اُڑ گئے تھے ۔۔۔ میں یوں ہی دم سادھے کھڑا تھا ۔۔۔ ہاتھ پیروں میں ذرا بھی طاقت نہ رہ گئی تھی، اتنے میں مجھے پیروں کے پاس گیلا گیلا سا محسوس ہوا اور پھر دوسرے ہی لمحے وہ چور تیورا کر زمین پر گر پڑا جس نے پستول تھام رکھا تھا ۔۔ ! کسی چیز نے اسے کاٹ لیا تھا ۔۔۔" ! !

پھوپھا میاں نے غم بھری آنکھوں سے ٹابی کی طرف دیکھا ۔۔۔

"میں سمجھ گیا یہ اور کوئی نہیں، بس ٹابی ہے ۔۔ میں نے موقع غنیمت جانا اور اک دم دوڑ کے جھاڑ کی آڑ میں ہو گیا۔ دوسرے چور نے غالباً اپنا نشانہ کا رہا تھا جمایا! دیکھو ساری جلن کتنے پر اتاری اور غریب، بے زبان ٹابی دو گولیوں میں تمام ہو گیا۔"

اب جب کبھی پھوپھا میاں کے دوست ڈرائنگ روم میں لگی ہوئی ایک کتے کی تصویر دیکھتے ہیں تو حیرت سے پوچھتے ہیں ۔" ارے میاں ۔۔ تم تو کتوں سے اتنی نفرت کرتے تھے ۔ یہ ناپاک جانور کی تصویر کیوں اپنے کمرے میں لگا رکھی ہے۔"

پھوپھا میاں کچھ جواب نہیں دے پاتے، ان کی آنکھیں آنسوؤں سے بھر جاتی ہیں۔

پھولوں کا بادشاہ

بہت دنوں کا ذکر ہے۔

سردیوں کی بارشیں شروع ہو چکی تھیں۔ صحن میں ایک طرف امّی نے موتیا کے پودے قطار سے لگا رکھے تھے۔ کہ ایک دن لال پروں والی مرغی دانے دنکے کی تلاش میں پودوں کے نیچے جا پہنچی۔

"گلاب بیٹے ذرا مرغی کو وہاں سے ہنکال تو دو۔ پودے خراب کر دیگی!"

اب تو جناب امّی نے خود ہی ایک کام بتا دیا۔ گلاب میاں اٹھے اور مرغی کے پیچھے لپک پڑے۔ مرغی تو ان کی تیز رفتاری سے ڈر کر آپی آپ اڑ گئی اور خود گلاب میاں سیدھے موتیا کے پودوں پر جا گرے۔ جو ان کے وزن سے بُری طرح کچل کر رہ گئے۔ مرغی اڑی اور دیوار پر جا بیٹھی مرغی سے بدلہ لینا ضرور تھا۔ دیوار پر کبوتر اور کبوتری بھی پر پھڑپھڑاتے بیٹھے تھے۔ انھوں نے تک کر پتھر جو مارا تو بجائے مرغی کے کبوتری کے جا لگا اور بے چاری کے ماتھے پر چوٹ لگ گئی۔ مرغی تو پھر بھی وہیں ٹکی ہوئی تھی۔ انہوں نے دوسرا پتھر تاکا جو مرغی کو لنگڑا کرتا ہوا

دیوار کے پار جا گرا۔

اُدھر دیوار کے پار پڑوسن خالہ جان کی بیٹی چنّی بیٹھی گڑیا کھیل رہی تھی۔ پتھر اچھل کر اس کے سر پر جا لگا، اور خون کی دھار نکل پڑی۔

وہ تلملا کر جو بھاگی تو سامنے سے ماما کریمن ہاتھوں میں چائے کی طشت تھامے آرہی تھی۔ چنّی جو ماما کریمن سے ٹکرائی تو ادھ جلتی اُبلتی چائے اس کے ہاتھوں پیروں پر گر پڑی۔ اور طشت اس کے ہاتھ سے چھوٹ گرا سارے برتن برباد ہو گئے۔

کچلے ہوئے پودے۔ چوٹ کھائی ہوئی کبوتری۔ لنگڑی مرغی۔ جلی ہوئی ماما کریمن اور چینی کے ٹوٹے ہوئے ٹکڑے جب امّی کی خدمت میں حاضر کئے گئے تو مارے شرمندگی کے ان کے منہ سے بات بھی نہ نکل سکی۔

"گلاب، میں نے تم سے کیا کہا تھا؟"

"جی! آپ نے کہا تھا مرغی ہنکال دو۔"

"اور تم نے مرغی یوں ہنکالی کہ ساری دنیا میں ہنگامہ کھڑا کر دیا۔ ___تا___" اُنہوں نے غصّے سے گلاب کی طرف دیکھا اور پھر بولنے لگیں۔

"تمہاری شرارتوں کے مارے ناک میں دم ہے۔ روز نئی نئی شکایتیں تمہارے متعلق آتی ہیں۔ اب میں تم سے عمر بھر بات نہ کروں گی! کتنے سارے لوگوں کو تم نے ستایا ہے؟ اور پھر بے چارے وہ ننھے منّے مونیا

کے پودے ؟ ان پر کیا گزری ہوگی بھلا۔ ؟"

"پودوں میں بھی جان ہوتی ہے امّی ؟" گلاب میاں حیرت سے بولے۔

"کیوں نہیں ہوتی۔ ؟" یہ لہلہاتے پودے جاندار ہی تو ہوتے ہیں۔ ذرا بارش زور سے پڑ جائے۔ پالا پڑنے لگے یا اولے گرنے لگیں۔ زمین پر گر جاتے ہیں۔ پھر کبھی کھڑے نہیں ہوسکتے۔ یہی تو ان کی موت ہوتی۔ مگر آج تو بارش ہوئی نہ پالا پڑا۔ اولے گرے نہ بجلی گری اور تم نے ان معصوموں کو مار ڈالا۔ کبوتری اچھی ہو جائے گی۔ مرغی دو ایک دن میں ٹھیک ہو جائے گی۔ چنّی کا زخم بھر جائے گا۔ ماما کرمن تندرست ہو جائے گی۔ چائے کا نیا سٹ بازار سے آجائے گا۔ مگر ان پودوں کو زندگی کہاں سے ملے گی۔ ؟ تم کس قدر شریر ہو گلاب۔ تمہاری وجہ سے میں کتنی شرمندہ ہوتی ہوں۔" غم اور غصے سے ان کی آنکھیں بھیگ رہی تھیں۔

دوپہری گزری۔ سہ پہری گزری۔ شام گزری اور صبح نکل آئی مگر امّی نے بات نہ کی۔ پہلے تو گلاب میاں مذاق ہی سمجھتے رہے مگر دو دن گزرنے پر بھی امّی نے بات ہی نہ کی بس علی بخش میز پر کھانا لگا دیتا اور آکر کہہ دیتا۔

"چھوٹے صاحب چل کر کھانا کھا لیجئے۔"

اب امّی پیار سے چمکارتی تھیں، نہ دلار کرتی تھیں۔ ہاتھ سے نوالے

بنا بنا کر کھلاتی تھیں، نہ گودی میں بٹھاتی تھیں۔ دو ہی دن میں گلاب میاں مرجھا کر رہ گئے۔" امّی کا وجود اُن کے لئے کس قدر ضروری ہے" اس کا احساس اب انھیں امّی کی خفگی سے ہوگیا۔

میں امّی کو حتّی الامکان خوش رکھنے کی کوشش کروں گا——"

انہوں نے طے کرلیا۔ مگر امّی کو تو اس قدر زوردار غصّہ چڑھا تھا کہ اترنے کا نام ہی نہ لیتا تھا۔

اب تو امّی دیکھتی تھیں کہ گلاب میاں بڑے سنجیدہ ہوئے جارہے ہیں۔ اسکول سے آکر بستہ جگہ پر رکھ دیتے ہیں۔ وقت پر کھانا کھا، پڑھنے بیٹھ جاتے ہیں۔ نہ چینی سے جھگڑتے نہ مرغیوں سے لڑتے۔ رات گئے تک اسکول کا کام کرتے رہتے ہیں۔ دراصل امّی کی خفگی نے ان کی شرارت کا مزہ چھین لیا۔ اب تو وہ بڑے مزے سے امّی کے کاموں کی دیکھ ریکھ بھی کرتے ہیں۔ صحن میں اللہ جانے کاہے کا ایک چھوٹا سا پودا تھا۔ دن گزر گئے مگر اس پر کوئی پھول نہ کھلا۔ مگر امّی اس کو روزانہ پانی دیتی تھیں کہ کبھی تو اس پر بھی پھول ہنسے گا۔ گلاب میاں نے اس کی ذمّے داری بھی اپنے سر لے لی۔

"بس اس پودے میں ایک اچھا سا پھول کھل جائے میں امّی کی خدمت میں وہی پھول تحفہ لے کر جاؤں گا۔ اور کہوں گا" امّی! اب تو آپ نے معاف کردیا نا۔ اب تو میں اچھا بچہ بن گیا نا——؟"

اُس دن سرِ شام ہی بادل اُمڈنے لگے۔ سارے ماحول میں سیاہی پھیل گئی۔ ہواؤں میں اس قدر خنکی تھی کہ کلیجہ پھٹا جاتا۔ آثار بتاتے تھے کہ رات میں سخت بارش ہو گی یا پھر اولے گریں گے۔

گلاب اپنے بستر میں پڑا ہوا تھا۔ ہوا کی ٹھنڈی لپٹ آئی اور وہ کانپ کانپ اٹھا۔ ساتھ ہی امّی کی کہی بات اسے یاد آئی۔

پالا پڑنے لگے یا اولے گرنے لگیں۔ یہ زمین پر گر جاتے ہیں۔ پھر کبھی کھڑے نہیں ہو سکتے۔ یہی تو ان کی موت ہوئی۔"

"میری امّی کا پودا مر گیا تو پھر پھول کیسے کھلے گا اور میری امّی کیسے منیں گی۔ مجھے تو اچھا بچّہ بننا ہے کہ وہ معاف کر دیں ـــــ!"

باہر اولوں کے ساتھ بارش شروع ہو چکی تھی

رات چڑھ چکی تھی۔ سارے میں اندھیرا پھیلا ہوا تھا۔ گلاب نے بستر سے اٹھ کر اپنی ننّھی سی ریشمی چھتری اٹھائی اور صحن کو ہو لیا۔ پودے کے پاس بیٹھ کر اس نے اپنی چھتری پودے پہ پھیلا دی اور خود پانی میں بھیگتا رہا۔ پٹ پٹ پٹ اولے گرتے رہے اور گلاب کی ننّھی نازک چھتری پھٹ گئی۔ گلاب کھڑا ہو گیا اور اپنی قمیص پودے پر یوں پھیلا دی کہ پودا بچا رہے۔ تھوڑی دیر میں قمیص کا حشر بھی چھتری کا سا ہو گیا۔

اولے اس بری طرح گر رہے تھے جیسے کسی نے صحن میں سفید سفید روئی بچھا دی ہو۔ گلاب کے دانت کٹ کٹا رہے تھے۔

پودا اب تک تو محفوظ تھا۔ مگر اب کیا ہوگا۔ امی پیاری اب کیسے مانیں گی ــــــ؟ گلاب دونوں ہاتھوں اور پیروں کے بل یوں کھڑا ہو گیا کہ اس کا پیٹ پودے کے لئے چھتری بن گیا اور پٹ پٹ اولے اس کی ننھی منی پیٹھ پر برسنے لگے۔

صحن میں سفید روئی کی تہیں دبیز تر ہوتی گئیں۔!! صبح جب امی صحن میں اتریں تو ان کے قدم برف میں ہی گڑے رہ گئے۔ کونے میں گلاب اکڑا پڑا تھا۔ ننگا بدن۔ ننگی پیٹھ۔ ہر طرف نیلے نیلے نشان۔ امی کے منہ سے تو چیخ بھی نہ نکل سکی۔ خالی خالی نگاہوں سے اُنہوں نے پودے کو دیکھا۔ صحن کے اور دوسرے پودے تو اولوں کی تاب نہ لاکر زمین پر گر چکے تھے۔ مگر گلاب کا بچایا ہوا پودا اسی تازگی سے جھوم رہا تھا، اور آج کئی دنوں بعد پہلی بار اس کی اوپری ڈالی پر ایک بڑا سا تر و تازہ سُرخ سُرخ لہلہاتا پھول کھلا ہوا تھا ــــــ!!

اُس دن سے وہ پھول، جس کا کوئی نام نہ تھا۔ پھولوں کا بادشاہ "گلاب" ٹھہرا۔ تم نے آزمایا ہوگا، جب امی تمہارا دلار کرتی ہیں تو کہتی ہیں۔

"میرے لال ــــــ میرے گلاب ــــــ اچھے بچے شرارت نہیں کیا کرتے ــــــ"

***

"اگر میں سائنسداں ہوتا تو کیا کرتا؟" ـــــ

(دنیا کے ہر ننھے بچے کی خواہش)

جب میں نے اپنی ماں کی پیاری گود سے اتر کر پہلے پہل زمین پر چلنا سیکھا تو میرے چھوٹے چھوٹے قدم کمرے کے ایک کونے میں جا کر رک جاتے۔ جہاں ریڈیو اپنی مدھر آواز سے پیارے پیارے گیت گا رہا ہوتا ـــــ میں سر اٹھا کر اوپر دیکھتا تو جگ مگ، جگ مگ لائٹ چمکتی پاتا ـــــ شام کو ہمارے پورچ میں ہارن بجتا اور پاپا اپنی لمبی سی کار سے اتر کر گھر میں داخل ہوتے نظر آتے۔ ان کے آتے ہی ممی فوراً بجلی کے چولھے پر چائے تیار کرنے لگتیں۔ باتیں ہوتی رہتیں اور چائے کے دور چلتے رہتے۔ ریڈیو بجتا رہتا۔ میں حیرت سے یہ ساری چیزیں دیکھتا رہتا ـــــ یہ مدھر آواز والا ریڈیو ـــــ چمکنے والی لائٹ ـــــ منٹوں میں یہاں سے وہاں پہنچا دینے والی موٹر ـــــ دیکھتے ہی دیکھتے چائے تیار کر دینے والا بجلی کا چولھا۔ ہمارے گھر کتنی آسائشیں اور آسانیاں تھیں!

میری، ممّی نے مجھے بتایا کہ یہ سب سائنس کی ایجادیں ہیں ــــ میں سوچتا اور ننھے سے ذہن سے سوچتا ہی رہ جاتا کہ یہ سائنس کس قدر پیاری چیز ہے ــــ زندگی اس کی بدولت کتنی آسان اور خوشگوار ہوگئی ہے ــ
جیسے جیسے میں بڑا ہوتا گیا سائنس کی قدر و قیمت مجھ پر کھلتی گئی ــ اب وہ زمانہ آرہا تھا جب میں کافور کی ننھی چڑیل کے لیے ضد کرنے کی بجائے آسمان پر اُڑنے والے ہوائی جہاز کو دیکھتا اور سوچتا کتنی عظیم ہیں وہ ہستیاں جنھوں نے اس آسمان اور زمین کو بہت خوبصورت بنا دیا ہے ــ اسکول میں ساتھی لڑکے کبھی مجھ سے پوچھتے ــ "تم آگے چل کر کیا بننا چاہتے ہو ــ؟" تو میں بلا سوچے فوراً جواب دیتا۔ "میں سائنسداں بنوں گا ــ دُنیا کو خوبصورت بناؤں گا ــ دھرتی کو سورگ کا روپ دوں گا ــ"
پھر میں ذرا اور بڑا ہوا ــ جن آنکھوں سے میں نے خوبصورت بلب جگمگاتے دیکھے تھے، انھیں آنکھوں سے وہ تصویریں دیکھیں، جو اخبار میں چھپی تھیں ۔ یہاں وہاں بمباری ہی بمباری ۔ جن کانوں سے میں نے ریڈیو پر مدھر نغمے سُنے تھے انہی سے تصور میں ماؤں اور بہنوں کی جگرخراش آہیں سنیں ۔ کار کے پہیے جو منٹوں میں اِدھر سے اُدھر کرتے دیکھے تھے، ٹوٹی پھٹی لاشوں کو قبرستان پہونچاتے دیکھے جن بجلی کے تاروں پر چیونٹی دیکھی تھی، وہ موت کے لیے شاک پہونچانے کا کام انجام دینے لگے ۔ میری آنکھیں سب کچھ دیکھتیں مگر دل خون کے آنسو روتا ــ کیا یہی وہ راہ ہے جس پر چلنے کے بارے

میں میں اس وقت سے سوچ رہا تھا جب میں نے اپنی ممی کی انگلی پکڑ کر پاؤں، پاؤں چلنا سیکھا تھا ؟؟

میں بہت چھوٹا لڑکا ہوں میرا ذہن بہت چھوٹا ہے، میں زیادہ بڑی سوچ سکتا۔ لیکن یہ تو دیکھ سکتا ہوں کہ میرے گھر میں میری پیاری ممی ہیں جو روز میرے اور میرے بھائیوں اور بہنوں کے لئے میٹھی روٹیوں کا ناشتہ بناتی ہیں ـــــ میری پیاری بہن ہے جو ہنستی مسکراتی گھر کے گلدان میں پھول سجاتی ہے۔ میری بھابی ہے جس کے ہاتھوں کی سُرخ مہندی کا رنگ ابھی پھیکا نہیں پڑا ـــــ میں چاہتا ہوں میری ممی کسی دن ناشتہ تیار کر کے اُٹھیں تو اُن کی آنکھوں میں آنسو ہی آنسو نہ رہ جائیں۔ میری بہن گلدستہ سجانے اٹھے تو پھول مرجھائے ہوئے نہ ملیں ـــــ میری بھابی کسی دن آنکھ کھولے تو اُن کی آنکھوں میں مہندی کا سُرخ رنگ تاریکی کا کاجل بن کر نہ رہ جائے ـــــ یہ بم ـــــ یہ مشین گن ـــــ یہ ٹامی گن ـــــ یہ اس دھرتی ماں کو دوزخ بنا دینے والی سب چیزیں اگر سائنس کی ایجادیں ہیں تو میں سائنسداں ہونے پر لعنت بھیجتا ہوں ـــــ میں تو بس یہ سوچتا ہوں کہ اگر میں سائنسداں ہوتا تو کبھی پھولوں کو مرجھانے نہ دیتا۔ کبھی زمین کو اُجڑنے نہ دیتا ـــــ نہ کبھی کسی کی آنکھ میں آنسو دیکھتا ـــــ اس چھوٹی سی دھرتی کو جنت بنا دیتا ـــــ امن کا ہرا بھرا باغ بنا دیتا۔

بارش

جاڑوں کے دن تھے ــــ چنّو میاں چھٹیوں کے ایک نہ دو پورے پندرہ دن خالہ بیگم کے ہاں گزار کر آئے تو بس، پوچھئے انہیں کیا حالت تھی۔ ہر بات میں خالہ بیگم کے گاؤں کا ذکر۔

"اجی جناب ــــ آپ نے دیکھا ہی کیا ہے۔ گاؤں میں تو ہم نے وہ دیکھا جو آپ عمر بھر کبھی نہ دیکھ سکیں۔"

بات پیچھے ان کا یہی کہنا تھا بس ــــ قسم اللہ کی طبیعت بیزار ہوگئی اُن کی شیخی سے۔ مگر ہم بھی کسی سے کیا کم تھے؟ ان کی ہر بات کو اس مزے سے کاٹ دیتے کہ بس وہ بیچارے منہ تکتے ہی رہ جاتے۔ ہم دل ہی دل میں خوب ہنستے کہ اچھا اُلو بنایا۔

مگر ایک دن بڑی مصیبت ہوگئی ــــ چنّو بھائی ایک سال گاؤں میں کھائے ہوئے کھانوں کے ذکر خیر پر تل گئے ــــ طرح طرح کے کھانوں کے نام لئے جا رہے تھے اور ہم بڑی بے چارگی سے بیٹھے سنتے جا رہے تھے۔ الگم

بے بی نے مجھے ٹھوکا دیا۔

" تو بوبنی گیبول نہیں رہی ــــ تجھے تو ایک سے ایک بڑھیا کھانے پکانے آتے ہیں نا ــــ "

یہ بات تو سچ تھی کہ مجھے ایک سے ایک بڑھیا کھانے پکانے آتے تھے۔ مگر جینو بھائی اپنی ریل گاڑی (میرا مطلب ہے باتوں اور گپوں کی ریل گاڑی) رکتے تب کہتی نا ــــ ؟ مگر وہ تو فل اسپیڈ پر چلے جا رہے تھے۔

" اور جی سُنا آپ نے خالہ بیگم کے ہاں ہم نے بوٹ پلاؤ بھی کھایا ــــ اس مزے کا کہ بس پوچھئے نا ــــ "

بے بی نے اور میں نے ذرا حیران ہو کر ایک دوسرے کی طرف دیکھا۔ پھر بھی ذرا جل کر بولی۔

" کیا کھایا تھا ــــ ؟ "

" بوٹ پلاؤ ــــ بوٹ پلاؤ ــــ سمجھیں ــــ ؟ اور کبھی تم نے کھایا بھی ہے ــــ ارے صاحب بوٹ پلاؤ تو بس کچھ یاسمین کو ہی پکانا آتا ہے ــــ ہاں، آپ کیا جھک، ماریں گی بھلا۔ "

میں سر سے پاؤں تک پوری کی پوری جل گئی ــــ اونہہ! ای کر کے زبان چڑا کر بولی۔ " ہونہہ بڑے آئے یاسمین کے سگے۔ ایک سالن تو ڈھنگ کا نہیں پکاتی۔ خواہ مخواہ تعریف کر رہے ہیں کہ ہم جلیں۔ مگر یاد رکھیئے ہم نہیں جلنے والے۔ ہم کون اس سے کم ہیں! "

چنتو بھائی سنجیدہ ہوکر بولے "اللہ قسم بھئی ایسے بڑھیا کھانے پکانے لگی ہے کہ تم کھاؤ تو بس انگلیاں چاٹتی رہ جاؤ ——— اور قسم ہے وہ بوٹ پلاؤ تو ایسا لذیذ تھا کہ آج بھی یاد آتا ہے تو جی چاہتا ہے کہ اڑ کر گاؤں پہنچ جاؤں"۔ میں چڑ کر بولی۔ " موئے نا اصل پلاؤ کے لئے مکھیوں کی طرح اُڑنا چاہ رہے ہو ——— چھی ——— !"

اس بات پر چنتو بھائی بُری طرح جل گئے ——— بولے۔

" ایسی ہی بڑی پکانے والی بی بی ہے تو پھر مجھے کھلاتی کیوں نہیں؟"

اب تو مجھے بھی تاؤ آگیا بھبک کر بولی۔ " اور کیا سمجھتے ہیں آپ ——— لیجئے آج شام کو ہی کھائیے۔"

" ہاں" وہ خوش ہوکر بولے۔" آج کل بوٹ کا سیزن بھی تو ہے۔"

میں نے ان کی طرف کچھ حیرت سے دیکھا۔ ہونہہ بوٹ کا سیزن! بوٹ کا سیزن کیا بات ہوئی بھلا؟ سارا سال ہی بوٹ پہنے جاتے ہیں۔ کچھ ایسا تو ہے نہیں کہ لوگ جاڑوں میں بوٹ پہنتے ہوں اور گرمیوں میں اٹھا کر رکھ دیتے ہوں پاگل ہیں چنتو بھائی بھی۔ اور جناب میں نے تو بالکل طے کرلیا کہ بس اب شام کی تیاری ابھی سے شروع!! چنتو بھائی جاتے جاتے بول گئے۔

" مگر دیکھو بھئی ہرا بوٹ ہونا چاہیئے ——— پیلے اور سوکھے مارے بوٹ کا پلاؤ اچھا نہیں بن سکتا"

لے لو۔ یہ نئی مصیبت سر تھوپ گئے۔ اب ہم ہرا بوٹ کس کا ڈھونڈتے پھریں ــــ؟ پہلی بات تو بوٹ چرا کر پلاؤ پکانا ہی خطرے سے خالی نہ تھا اوپر سے بوٹ بھی ہرا ــــ! ہونہہ ــــ خیر صاحب۔ وہاں سے اُٹھے تو ایک ایک کے کمروں میں گھومتے پھرے۔ بھائی کے بوٹ تو بہت بڑے بڑے تھے۔ اتنے بڑے بوٹ کا پلاؤ تو ساری برات کو کافی ہو جاتا ہمیں تو ذرا سا پکانا تھا بس۔ ابا جان کے بوٹ تو اس سے بھی کچھ سوا تھے۔ کچھ سمجھ میں نہیں آ رہا تھا کہ کریں تو کیا کریں۔ دو تو بج ہی چکے تھے اور پھر چنّو بھائی ندیدے تو شام کے سات بجے ہی کھانے پر پل پڑتے تھے ــــ کُل پانچ گھنٹے میں آخر کیا ہو سکتا تھا ــــ؟ جلدی جلدی تلاش شروع کر دی اور جناب منزل تک پہونچ ہی گئے۔

بقرعید میں بہت کم دن رہ گئے تھے نا ــــ اس لئے ابا جان سبھوں کے لئے جوتے لے آئے تھے۔ بیلو کے کمرے میں ایک بہت خوبصورت مخملیں ہرا بوٹ رکھا ہوا تھا۔ نرم نرم اور بہت اچھا یقیناً اس کا پلاؤ بے حد لذیذ بنے گا ــــ اور جناب ہم سب کچھ طے کر کے وہ بوٹ اپنے کمرے میں اٹھا لائے۔

پہلے تو اتنا پیارا بوٹ کاٹتے ہوئے بہت دل دُکھا، مگر پھر سوال یاسمین کا تھا۔ ورنہ چنّو بھائی تو صاف کہہ جاتے کہ "ہونہہ پکانا ہی نہ آتا ہوگا، چپ بہانے تھے کہ بوٹ کاٹنے کو جی نہ چاہا۔"

لیجئے بسم اللہ کہہ کر کاٹ بھی دیا۔ بھائی صاحب کے شیونگ بکس سے نیا ریزر تو پہلے ہی حاصل کر لیا تھا۔ جلدی جلدی دونوں بوٹ کے ٹکڑے ٹکڑے کر ڈالے ـــــ:

نصیبن بوا کو آتے ہی مرچ مصالحہ تیار رکھنے کو کہہ دیا تھا وہ کب کا سارا سامان رکھ کر اپنے گھر جا چکی تھیں ـــــ باورچی خانے میں ہم لوگوں کا عالم تھا۔ بس اپنا ہی راج تھا۔ میں، بے بی، افروز، شہنو۔ سب کے سب باورچی خانے پر پل پڑے ـــــ تھوڑی ہی دیر میں بڑی گہما گہمی نظر آنے لگی۔ افروز چاول دھونے بیٹھ گئی ـــــ شہنو گھی، تیل، مصالحے لا لا کر مجھے دینے لگی ـــــ پلاؤ بڑے زور شور سے پکنے لگا۔

بھئی ایمان کی بات تو یہ ہے کہ گھر پر بھی، اور اسکول میں بھی، بارہا ہم نے پکوان پکائے تھے، مگر جہاں تک بوٹ کا پلاؤ پکانے کی بات تھی، وہ ہم آج پہلی دفعہ ہی پکا رہے تھے، اس لئے ذرا گھبراہٹ بھی طاری تھی اور ستم یہ کہ ابھی ابھی نامراد چنو بھائی کہہ گئے تھے کہ چونکہ بوٹ پلاؤ بار بار نہیں پکتا، اور کھانے کے لائق چیز بھی ہے، اس لئے انھوں نے اپنے دو چار دوستوں کو بھی بلوا لیا ہے۔!!

”ہے ہے مر گئے۔“ میں جگر تھام کر چلائی۔

”ہوا کیا؟“ سب دوڑی دوڑی آئیں۔

”بھئی اللہ ہم نے تو بس ایک سیر چاول لئے تھے۔ انہوں نے تو اپنے

چٹوروں سے دوستوں کو بھی دعوت دے ڈالی ہے۔ وہ تو سارا کا سارا پلاؤ پار کر جائیں گے۔ اور پھر بوٹ تو ایک ہی سا تھا ہم۔۔۔ !!"

بڑی دیر بعد فیصلہ ہوا کہ ہر ا بوٹ نہیں تو نہ سہی، پیلا یا سوکھا مارا ہی کسی کا اٹھا لائیں۔ خیر سے جناب ہم سب لڑکیاں کمروں کی طرف دوڑ پڑیں۔ ایک سے ایک مٹریل بوٹ دیکھنے میں آرہا تھا ـــــ کسی کے تلے گھسے ہوئے کسی کا اوپر کا حصہ غائب ـــــ کسی کی ایڑی ہی سرے سے ندارد تھی۔ تو کوئی عین میں منہ پھاڑ کر جمائی لیتا نظر آرہا تھا ـــــ بڑی دیر کی تلاش کے بعد چنو بھائی کا ہی ایک بوٹ چنا گیا۔ اچھا نیا نیا بوٹ تھا بدنصیب ـــــ اور غالباً وہ بھی عید کی تیاری میں خریدا گیا تھا۔

بڑی مشکل سے اس کے ٹکڑے کئے گئے اور پوری پلٹن پھر سے باورچی خانے میں داخل ہو گئی۔ میں چونکہ سب میں بڑی تھی۔ (بڑی بھی تو یہی ساڑھے سات آٹھ سال کی!) اس لئے سارے کام میری نگرانی اور میری ذمہ داری پر طے ہو رہے تھے ـــــ اور اپنے اس اعزاز پانے پر میں بے حد خوش تھی اور خواہ مخواہ ہر ایک کو ڈانٹ ڈپٹ کر رہی تھی۔

بہرحال جناب میں نے بوٹ کے ٹکڑے ایک برتن میں صاف پانی لے کر خوب دھوئے اور پہلے انھیں الگ سے تل لیا۔ اب بار بار دیکھتی ہوں کم بخت ذرا بھی نہیں گلتے ـــــ خیر ہم نے سمجھ لیا کہ چاولوں کو جب دم پر رکھیں گے تب بھاپ میں یہ بھی گل جائیں گے ـــــ ایک بار پہلے ہی تو سبزی

پلاؤ پکانے میں گا جریں ذرا کچی رہ گئی تھیں، تو پھر چاولوں کے ساتھ بھاپ میں گل گئی تھیں ——— !

بوٹ پلاؤ کے ساتھ کھانے کو میں نے دہی کا اہتمام بھی کر لیا کیونکہ آپ جانیں پلاؤ تو بغیر دہی کے بالکل ہی بے مزہ اور بے کار چیز بن جاتا ہے۔ اب جناب ایک بڑے سے بگونے میں گھی، لونگ، سیاہ مرچ اور الائچی ڈال کر چاول بگھار دیئے ——— مصالحہ بھی جھونک دیا۔ اور جب چاول گلنے پر آ گئے اور دم پر رکھنے کی نوبت آ گئی تو بوٹ کے تلے ہوئے ٹکڑے بھی اس میں ڈال دیئے۔ !

"واہ وا باجی" زینو دور سے ہی خوشبو سونگھ کر دوڑی آئی۔ "کیا خوشبودار پلاؤ پکایا ہے کہ قسم اللہ میری تو طبیعت ابھی سے کھانے کو چاہنے لگی"۔

چنو بھائی ادھر سے گزرے تو انھوں نے بھی یہی بات دہرائی۔ اب جناب ہماری خوشی کا ٹھکانا نہ تھا ——— چونکہ سارے کام ہماری "لیڈرشپ" میں ہو رہے تھے اس لئے دسترخوان بچھوانے کا اہتمام بھی ہم ہی نے کروایا۔ ہمارے سگھڑاپے پر چونکہ میٹھا نہ ہونے سے حرف آتا تھا، اس لئے ہم نے جھٹ پٹ نعمت خانے کا رخ کیا اور بیکی کے پینے کے لئے جو دن بھر کا دودھ رکھا تھا اس کو اٹھا کر کھیر بنا دی۔ !

اصولاً کھانا سات بجے تیار ملنا چاہئے تھا، مگر پھر بھی ہم ذرا ناسمجھ لوگ تھے اور کام بہت بڑا تھا۔ اس لئے اچھے خاصے ساڑھے آٹھ بج گئے

اور ایک سرے سے سارے گھر والے ہی بھوک بھوک چلّانے لگے۔ چلئے بھئی ہم نے کسی نہ کسی طرح جلدی جلدی دستر خوان لگایا ــــ بڑے سلیقے سے کھانا چُنا اور سب مہمانوں کو کھانے کے کمرے میں چلنے کی "دعوت" دی۔

اس وقت خواہ مخواہ اپنی بڑائی کا احساس ہو رہا تھا کہ اتنے سارے لوگوں کا کھانا مجھ اکیلی نے پکایا ہے۔ اور میں اس امید میں سب کے سامنے کھڑی تھی کہ جیسے ہی نوالے منہ میں پڑیں اک دم تعریف کا شور مچ جائے۔ چنّو بھائی اپنے دوستوں کے ساتھ کمرے میں داخل ہوتے ہوئے فرما رہے تھے۔

"بھئی آج ہماری بہن نے خاص طور سے ہمارے لئے بوٹ پلاؤ پکایا ہے"

"تب تو ٹھاٹھ ہیں اپنے" ان کے ندیدے دوست کورس میں بولے۔

اور سب ہاتھ دھو کر دستر خوان کے گرد بیٹھ گئے۔ مگر ابھی چنّو بھائی نے پلیٹ میں پلاؤ لے کر پہلا نوالہ منہ میں ڈالا ہی تھا کہ وہ جھک کر غور سے پلیٹ کو دیکھنے لگے۔

"یہ کیا پکا دیا ہے ــــ" وہ ذرا اُلجھ کر بولے۔ میں خوشی خوشی ذرا آگے بڑھ کر بولی۔ "بوٹ پلاؤ ــــ کیوں اچھا ہے نا"

وہ ذرا شرمندگی سے اپنے دوستوں کو دیکھتے ہوئے بولے۔

"تھو تھو ــــ ایسا لگ رہا ہے جیسے مرا ہوا چوہا کھا رہا ہوں"

مجھے تن تنا کر غصہ آگیا۔ "کتنی بار آپ نے مرے ہوئے چوہے کھائے تھے جو ان کا مزہ بھی معلوم ہے؟۔ اتنی محنت سے تو سارا دن لگا کر بوٹ پکایا"

اور ذرا دل نہیں رکھنا جانتے ۔"

اب تک سب اپنی اپنی پلیٹوں میں پلاؤ لے چکے تھے ۔ اور ہر شخص "ریسرچ" کرتا نظر آ رہا تھا ۔ یعنی ہر ایک کی نگاہیں اپنی اپنی پلیٹ پر ہی جمی تھیں

" یہ ہرا ہرا کیا چمک رہا ہے بھئی اس میں " کوئی بدتمیز دوست بولا ۔

ہمارا پارہ چڑھ گیا ۔ " چنو بھائی نے تو کہا تھا کہ بوٹ ہرا ہونا چاہیئے ۔ اسی لیے تو میں نے خاص طور سے ببلو کا ہرا بوٹ کاٹ کر پلاؤ پکایا ہے ۔"

" ببلو کا بوٹ ۔۔۔" چنو بھائی زور سے چلائے ۔۔۔!

" اس میں اتنا چلانے کی کیا بات ہے ۔۔۔ ؟ ہاں کمی آنے لگی تو آپ کا بوٹ بھی ڈال دیا ۔۔۔ آپ کے دوست آ رہے تھے نا ۔۔۔؟؟"

" میرا بوٹ ۔۔۔ ارے باپ رے مر گیا ۔ پورے سولہ روپے آٹھ آنے کا اپنی جیب خرچ میں سے خریدا تھا ارے اللہ میاں ۔۔۔ " ایسا کہہ کر چنو بھائی دیوانہ وار اپنے کمرے کو بھاگے ، اور تھوڑی ہی دیر میں واپس آ گئے ۔ ان کا منہ تو لٹکا ہوا تھا مگر میرا چہرہ دیکھ کر مجھ سے انہوں نے جیسے بدلہ لینے کی ٹھان لی ۔

" سنئے حضرات ۔۔۔ میری بے وقوف بہن کا ، اپنے بھائی کو اپنے ہاتھوں پکایا پکوان کھلانے کو جی چاہا تو جوتوں کا پلاؤ پکا کر رکھ دیا ۔"

" کیا مطلب ۔۔۔؟ کیا مطلب ۔۔۔؟ کیا مطلب ۔۔۔؟"

بس ہر طرف سے یہی ایک آواز آ رہی تھی ۔۔۔ اور چنو بھائی ہنسی کے مارے

لوٹتے پوٹتے سُناتے جارہے تھے کہ کس طرح یاسمین نے بونٹ پلاؤ نے

ان محترمہ کو بھی بونٹ پلاؤ پکانے کی ترغیب دی۔ اور......

تھوڑی ہی دیر میں یہ عالم تھا کہ میں جس کی طرف بھی دیکھتی تھی ان کا منہ

ایک فٹ پھٹا ہوا نظر آتا تھا ــــ ہی ہی، ہا ہا، ہو ہو، کھی کھی، کھا کھا۔

کھو کھو ـــــ ایسے عجیب و غریب قہقہے میں نے اپنی عمر میں نہ سنے تھے۔

طرح طرح کے سُر اور راگ سب کے گلوں سے نکل رہے تھے اور میں قہقہوں

کی اس بارش میں بھیگ کر جیسے چڑیا بنی جا رہی تھی۔

بھئی اب ـــــ اتنے دن گذر جانے پر میں یہ سمجھتی ہوں کہ اس میں ہمارا

کیا قصور کہ اچھے بھلے ہرے چنے کو بونٹ کہا جائے ـــــ؟ اور سچ بھی تو ہے

کہ بونٹ کے معنی سوائے جوتے کے اور کیا سمجھے جا سکتے تھے۔

قصور تو سچ تو بھائی کا تھا، کیا ہوتا اگر ہری کھبری یا پھر ہرا چنا کہہ دیتے۔؟؟

مگر نہیں صاحب انھیں تو ہمیں رسوا کرنا تھا۔

بہت دن بیت گئے ہیں مگر آج بھی ان قہقہوں کی زوردار بارش کا

خیال آتا ہے تو جسم میں کپکپی پیدا ہونے لگتی ہے۔!

مسٹر توڑ پھوڑ

گڈّو میاں نے اِدھر اُدھر نظر دوڑائی ــــــ

الماری کے اوپر والے خانے میں مٹھائی کا ڈبّہ رکھا ہوا تھا۔ ہاتھ وہاں تک پہنچنا مشکل تھا اور مٹھائی کھانی ضرور تھی ــــــ ! کریں کیا ــــــ ؟ اور سامنے ہی تو ابّا میاں کی کرسی رکھی ہوئی تھی۔ کرسی سامنے کھسکائی اور چڑھ گئے ــــــ ہاتھ بڑھایا مگر افسوس کہ ہاتھ پھر بھی وہاں تک نہ پہنچ سکا۔

"اب کیا ہوگا ــــــ ؟" باہر نگاہ دوڑائی، امّی کی تپائی، جس پر وہ اپنے سینے پرونے کا سامان رکھا کرتی تھیں۔ پڑی ہوئی تھی۔ چپکے سے دوڑ گئے اور اٹھا لائے ــــــ اب سب سے پہلے کرسی، کرسی پر تپائی اور تپائی پر خود دو بالشت کے گڈّو میاں ــــــ اب ہاتھ مٹھائی تک پہنچ تو گیا لیکن قسمت میں شاید مٹھائی کھانا نہ لکھا تھا ــــــ ہوا یہ کہ ادھر سے عین "موقعہ واردات" پر بِلّو میاؤں میاؤں کرتا آگیا ــــــ

گڈّو میاں کا ہاتھ کانپ گیا ــــــ اور ساتھ ہی جسم بھی ــــــ !

ہاتھ کانپا تو ڈبہ چھوٹ گیا اور جسم کانپا تو تپائی اور کرسی ہل گئیں ــــ اور تھوڑی دیر میں کرسی مع ڈبے، تپائی اور گڈو میاں کے نیچے پڑی ہوئی تھی۔

گڈو میاں کو بڑا سخت قسم کا غصہ آیا کہ کم بخت پیلو کی وجہ سے مٹھائی ضائع ہوگئی۔ پاس پڑا رول اٹھایا اور اس زناٹے سے اس کی کمر پر رسید کیا کہ وہ بیچارہ وہیں لڑھک گیا ــــ لڑھکتے لڑھکتے اس نے "غاؤں" کر کے ایسا ڈراوا دیا کہ گڈو میاں خود پیچھے لڑھک گئے۔ لڑھکتے میں سہارا لیا ابا میاں کی میز کا ــــ گڈو میاں تو لڑھکے ہی لڑھکے ــــ ابا میاں کی میز بھی لڑھکی ــــ ابا میاں کا سارا سامان زمین پر بکھر گیا ــــ پیپر ویٹ ٹکڑے ٹکڑے ہوگیا۔ عینک دو حصوں میں بٹ گئی ــــ شیشے کا گلدان ریزہ ریزہ ہوگیا ــــ اور خود گڈو میاں کا ذرا سا ہاتھ بھی چھل گیا ــــ بڑی جان جلی کہ کہاں تو مٹھائی کھانے آئے تھے۔ مٹھائی گئی تو گئی اوپر سے ہاتھ بھی رگڑا کھا گیا۔ ــــ

"اب کیا کریں ــــ؟" چلو بھئی یہ نہیں تو بیڈمنٹن ہی کھیل لیں۔ اتنے سارے بلّے ہیں اور اتنی ساری "چڑیاں" جب دیکھو تب باجی۔ ابا میاں، بھیا اور ماموں جان کھیل رہے ہیں ــــ کبھی ہمیں تو موقع ملے۔ ــــ! کہنی سہلاتے اٹھے اور الماری کی طرف بڑھے ــــ پہلے اِدھر اُدھر دیکھ لیا کہ کوئی دیکھ تو نہیں رہا ــــ پھر زمین پر گری ہوئی مٹھائی مٹی صاف کر کے تھوڑی سی کھائی ــــ جی للچایا تو اور بھی

اٹھائی مگر دوسرے ہی لمحے منہ میں پچ پچ ہونے لگی تو پھر آگے بڑھ گئے۔

اُف الماری میں تو تالا لگا ہوا تھا ـــــ ابا میاں کے کمرے میں تلاشی ہل جانے لگی۔ ضرور چابیاں کوٹ میں ہوں گی۔ کوٹ کی اوپری جیب تک ہاتھ نہ جاتا تھا۔ اس لئے کھڑے۔ کھڑے کوٹ کو خود تک پہنچانے کا یہ انتظام کیا کہ کوٹ کو پکڑ کر زور سے اپنی طرف کھینچا ـــــ کوٹ یقیناً آگیا مگر کس حالت میں کہ اوپری حصہ تو کیل میں ٹنگا رہ گیا، اور مطلوبہ جیب مع نچلے حصے کے ان کے اپنے ہاتھوں میں، چابی نکالی ـــــ قفل کھولا۔ بلے اور چڑیاں سلیقے سے دھری ہوئی تھیں ـــــ نچلے خانے سے۔ وہاں بلے اور ایک چڑیا نکالتے ہی تھے کہ ایک دم سے شامت کا مارا کوئی چوہا پھدک گیا ـــــ چوہا پھدکا اور ساتھ ہی گڈو میاں بھی پھدک گئے ـــــ گڈو میاں پھدکے تو اُن کے ہاتھ بھی پھدکے ـــــ ہاتھ میں تھے بلے اور چڑیا ـــــ وہ اچھل کر ان کے قدموں میں آ گرے ـــــ چوہا پھر ان کے پیروں میں آ گیا ـــــ اور جناب یہ اچھل پھاند مچانے لگے ـــــ تھوڑی ہی دیر میں چڑیا تو دب دبا کر ٹوٹ چکی تھی اور بلے کی جالی ٹکڑے ٹکڑے ـــــ مٹھائی بھی نہ ملی ـــــ اوپر سے چوٹ بھی لگی اور کھیل بھی گیا۔

"اب کیا کریں ـــــ؟"

امی کی الماری بھی پاس ہی کھڑی رہتی تھی ـــــ امی کی الماری میں تو یقیناً پیسے رہتے ہوں گے ـــــ اب زیادہ سے زیادہ یہی سوچا جا سکتا

تھا کہ کسی طرح پیسے حاصل کر کے دوستوں کے ساتھ چھوٹی موٹی پکنک منائی جائے دوسرے کمرے میں جا نکلا ——— گڑیوں کی سنسناتی دوپہریں تھیں، بھلا کون اس وقت جاگتا تھا ——— ؟ امی بے چاری پڑی خرخر سو رہی تھیں ——— پلو میں چابیاں بندھی تھیں۔ کھولتے تو جاگ جانے کا ڈر ——— قینچی لائے اور امی کی نئی ساڑی مع چابیوں کے کتر ڈالی۔ دبے پاؤں الماری تک آئے۔ کھول کر دیکھا! "اخاہ کتنے سارے پیسے ہیں ——— ؟" اور امی بھی شاید اپنی ہی طرح کھلونوں کی شوقین ہیں۔ یہ کافور کا گلابی ببوا ——— یہ پلاسٹک کی موٹر اور یہ کانچ کی مرغی ——— یہ سب ایڑیاں اٹھا اٹھا کر دیکھا کیونکہ امی کی الماری بھی شاید ابا میاں کی کم بخت الماری کی سگی بہن تھی کہ قد و قامت میں بالکل ساری تھی ——— ابا میاں کی کرسی کی ٹانگ چونکہ ٹوٹ چکی تھی اس لئے اب گھسیٹتے ہوئے میز کو قریب لائے تاکہ اس پر کھڑے ہو کر پیسے نکال سکیں ——— میز کا قد بھی چھوٹا نکلا۔ گڈو میاں کے اپنے قد کی طرح ——— اچکتے جاتے اور پیسے اٹھاتے جاتے ——— الماری کا پٹ ایک ہاتھ میں تھا اور دوسرا ہاتھ پیسے بٹورنے میں مشغول تھا۔ ایک بار جو زور سے اچکے تو الماری اپنے پٹ کے وزن پر خود سامنے آنے لگی ——— اب، تو بس، گڈو میاں کو اتنا کچھ نظر آ رہا تھا کہ الماری تشریف لا رہی ہے۔ تھوڑی ہی دیر میں یہ حال تھا کہ وہ کافور کا ببوا ——— پلاسٹک کی وہ موٹر اور کانچ کی مرغی، کھن کھناتے پیسے، امی کے ریشمی کپڑے اور بڑی سی الماری ...... سب کچھ ایک زوردار آواز کے

ساتھ زمین پر آرہا ــــ اور خود گڈو میاں آرام فرما رہے تھے، بمشکل خود کو کھینچ کھانچ کر دور اٹھا کر کھڑا کیا اور صورتِ حال کا جائزہ لینے لگے ــــ خدا کا شکر تھا کہ الماری کے نیچے نہیں دبے ورنہ ختم ہی تھے۔ زوردار آواز سن کر ہر کونے سے گھر کے بڑے لوگ آنے لگے۔ ادھر سے اُمّی تو ادھر سے باجی ــــ بیٹھک سے ابّا میاں، تو ڈرائینگ روم سے بھائی جان۔

باجی آگے بڑھیں تو دیکھا ایک طرف مٹھائی بکھری پڑی ہے۔ دوسری طرف تپائی مع ٹوٹی ٹانگ کی کرسی کے ــــ ادھر میز مع سارے سامان کے زمین پر آرام فرما تھا، تو ادھر ٹوٹے بلّے اور چڑیا بے سدھ پڑی ہوئی تھی ــــ سامنے ہی ابّا میاں کا نیا کوٹ چیتھڑے ہو کر لٹک رہا تھا۔ اور عینک ٹکڑے ٹکڑے ہو کر فریاد کر رہی تھی۔ بے چاری امّی کی الماری تھی کہ زمین پر بچھی ہوئی تھی۔ اور ادھر کانچ کی مرغی، کافور کا ببوا اور پلاسٹک کی موٹر تھی کہ بغیر ڈرائیور کے چل پڑی تھی ــــ ہر طرف پیسے ہی پیسے بکھرے ہوئے تھے جیسے بارش کے ساتھ آسمان سے ٹپکے ہوں۔ اور پیلو مہاراج آنکھیں بند کئے پڑے تھے۔

ابّا میاں نے حیران ہو کر دیکھا ــــ عینک نہ ہونے سے ایک تو یونہی آنکھیں کم دکھائی دے رہا تھا ــــ بولے ــــ "ہیں۔؟ یہ کس کا کمرہ ہے۔ ــــ؟"

باجی نے حیرت سے آنکھیں پھاڑ پھاڑ کر دیکھا ــــ پورے کمرے کا

سامان تتر بتر پڑا تھا ـــــ ٹوٹ پھوٹ کر پڑا تھا اور خود گڈو میاں ـــــ؟ ہونٹوں کے آس پاس مٹھائی لگی ہوئی ـــــ بالوں میں دھول ـــــ کہنیوں میں زخم ـــــ گھٹنوں پر خراشیں اور جیبوں میں کھن کھن پیسے ـــــ باجی نے بڑھ کر گڈو میاں کے کان پوری طاقت سے کھینچے اور ایک تھپڑ لگا کر بولیں ـــــ

"کم بخت کہیں کا ـــــ یہ کیا اودھم مچا رکھا ہے ـــــ؟ تھپڑ بڑے زور کا پڑا تھا مگر گڈو میاں نہ تو چیخے نہ چلائے ـــــ نہ روئے نہ دھوئے! حتیٰ کہ آنکھ میں ایک آنسو تک نہ آیا۔ البتہ اتنی بات ضرور کہی ـــــ

"قسم اللہ کی یہ گھر کے بڑے لوگ! کیا مجال ہے جو ہم ذرا ادھر کا تنکا اُدھر کر دیں ـــــ!"

بُلبُل ہزار داستان

ایک تو گڈّی بی بی خوبصورت ــــ دوسرے ان کی ادائیں ــــ ہائے غضب ــــ بس پارہ تھیں پارہ ــــ سارے گھر والوں کے مارے ناک میں دم تھا ــــ شرارتیں کرنے کا تو گویا ٹھیکہ لے رکھا تھا ــــ میز پر سیاہی پھیلی ہوئی ہے تو سمجھ لیجئے بلاشبہ گڈّی نے گرائی ہے ــــ گلدان کے پھول نچے ہوئے ہیں تو ذہن میں سوائے گڈّی کے اور کس کا نام آسکتا ہے ــــ؟ بھائی جان کی تو کہانیاں تو مزے سے دو دو آنے میں ملنے والی ٹین کی گاڑیوں میں جُتی جاتیں۔ ان کے بڑے بڑے جوتے گڑیوں کا گھر بنتے۔ پہلے پہل تو سارے بچّوں نے حد درجہ اعتراض کرنا شروع کیا۔

"کوئی حد ہے ــــ ہم تو کبھی اپنی گڑیا کو جوتے میں نہ بٹھائیں۔"

"ارے واہ کسی نے دُلہن کو جوتے میں سُلایا ہوگا۔"

گڈّی بیگم تو جدید ترین فیشنوں کی موجد ہیں ہی ــــ انھیں ایسے اعتراض

بھلا کیا کھلتے؟!

"ارے بھئی قسم ہے، خود ہم نے اپنی آنکھ سے آج کل اس ٹائپ کی کاریں دیکھی ہیں۔"

کسی نے اور کچھ اعتراض کیا تو بولیں پڑھیں "ہ بھئی اللہ ہم خود ڈیڈی کے ساتھ رشید انکل کی کار میں پک نک پر گئے تھے۔ بس ہو بہو جوتا ہی دیکھ لو۔"

پھر تو یہ ہونے لگا کہ ریک کے سارے جوتے آنگن کے پچھواڑے ملتے اور جو بھائی جان جھنجھلاتے ہوئے آنگن سے جوتے سمیٹ کر لاتے تو کسی میں دلہن بیٹھی ہے تو کسی میں دولہا۔ اور تو اور "گھر" سجانے کی خاطر جو رنگ چڑھائے جاتے تھے وہ جوتوں کا روپ ہی دونا کر دیتے! نتیجے میں گڈی بیگم، اور ان کے ساتھ سب ہی کی پٹائی ہوتی —— مگر توبہ کیجیے جو وہ ذرا بھی اس سے مس ہوتی ہوں! غضب خدا کا —— زبان تو وہ تیز پائی تھی کہ بڑے بڑوں کے منہ بند کر دیتیں —— اس پر بھی امی کا وہ لاڈ کہ جوتے نہیں ابا لاکھ جوتے ماریں مگر پھر خود ہی لاڈ کرنے بیٹھ جائیں۔

"ارے یہ تو میری بلبل ہزار داستان ہے —— یہ نہ چہکے تو گھر میں چہل پہل کیسے مچے۔"

گھر میں کسی ایک بچے کو چاہا جائے تو دوسرے بچے اس کے دشمن بن جاتے ہیں، گڈی بی کے بھی ان گنت دشمن تھے۔ گو وہ کسے خاطر میں لاتی تھیں کبھی چنتو کے موٹر کی چابی چھپا دی تو کبھی منی کے جوتے لے جا کر پھولوں کے

گملے میں چھپا دیئے اور جناب وہ تو آپا ہم کو نہ چھوڑتیں ۔۔۔۔ اُس دن ابّا نے عید کی خوشی میں معاف کر دیا شاید۔ ورنہ وہ پٹائی ہوتی کہ سارا اچھلنا بھول جاتیں۔ ہوا یوں کہ ابّا اپنی کتابیں رکھنے کے لئے ایک نیا شیلف لائے اس سے پہلے والا بک شیلف وہیں ابّا کے کمرے میں ہوتا تھا مگر شاید بُلبل ہزار داستان کی نظر نہ پڑی ہوگی ——— تب ہی وہ نئے شیلف کو دیکھ کر اچھل پھاند مچانے لگیں۔ "آہا جی ——— اوہو جی ——— ڈیڈی گڑیا گھر لائے ہیں، آہا، ہو ہو" اب دوسرے بڑے بچے تک ہار کر سمجھا رہے ہیں، مر مر کر کہہ رہے ہیں کہ بی بی یہ تو تمہاری گڑیا کا محل نہیں ——— کتابیں رکھنے کا شیلف ہے۔ مگر کس کی مانتیں ——— ؟؟ کہنے لگیں "یہ جو خانے بنے ہوئے ہیں تو اسی لئے کہ سب الگ الگ رہیں اور لڑیں جھگڑیں نہیں ——— اور جو یہ گول گول گھومتا بھی ہے تو اس لئے کہ گڑیوں کے بچّے اگر رونے لگیں تو اس "چھت" پر بٹھا کر انھیں چک پھیریاں دی جائیں۔"

ان کی زبان کی تیزی کے آگے کون منہ کھول سکتا تھا۔ بس جناب ہتھوڑی اور کیلیں لے کر پہنچ ہی تو گئیں۔ ہر طرف کیلیں ٹھونک کر اس میں رنگین جھنڈیاں، غبارے اور پیپر فلاورز لگا دیئے۔ ایسا شاندار گڑیا گھر تیار ہوا کہ سب بچّے دیکھتے ہی رہ گئے۔ ——— ابّا کے پاس تو کوئی نہ کوئی دوڑ ہی جاتا، اتنا ڈر بھی کیوں رہے؟ سب کو اپنے ساتھ ملا لیا ——— سبھوں کی گڑیوں کو ایک ایک کمرہ دے دیا، ہر چند کہ ڈیڈی

اپنے ہی لئے گڑیا گھر لائے تھے۔ پھر بھی، اگر وہ محض اسی بات پر چڑ جاتے کہ اگلے دن تو عید ہے اور یہ بچے بجائے عید کی تیاریوں کے الٹے پلٹے دھندوں میں ہی جتے ہوئے ہیں تو ۔۔۔ ؟!

شام کو ننھے منے دوست اپنی اپنی عید کی پوشاکیں اور تیاریوں کی داستانیں، بنانے سنانے آئے تو گڈی نے سب کو اپنا گڑیا گھر دکھایا ـــــ جہاں اب کترنوں کے بچے کھچے کپڑوں کے پردے بھی لٹک رہے تھے۔ دل میں تو سب جل گئے مگر منہ سے تو کہنا ہی پڑا۔

"واہ بھئی ـــــ بڑا اچھا گھر ہے۔ اچھا کل آئیں گے ـــــ ٹاٹا۔" عید کا کیا ہے۔ ایک دن کے لئے آتی ہے اور گزر جاتی ہے۔ گڑیا گھر کی خوشی تو لافانی بن کر آئی تھی۔ گڈی کی اتراہٹ کا کیا پوچھنا تھا؟!

ابا عیدگاہ سے لوٹے تو مزے سے آ کر گردن میں جھول گئیں۔

"ہماری بٹیا کتنی عیدی لے گی؟"

جواب میں بٹیا اور بھی اترا گئیں۔ "آپ نے تو پیشگی عیدی دے ڈالی ڈیڈی ـــــ غضب خدا کا کتنا اچھا گھر ہے ڈیڈی۔"

"ہائیں ـــــ کیا بک رہی ہے۔" ابا جھنجھلائے۔

"ہاں ہاں اور جو کل آپ لائے ہیں تو پھر کیا ہے؟"

ابا نے تو شیلف گیسٹ روم میں رکھوا دیا تھا کہ عید کے بعد فرصت سے اسے اپنے کمرے میں جائز مقام پر رکھوائیں گے۔ آنکھیں گھما کر دیکھا اور پوچھا۔

"گھر، کیسا گھر بھئی" جواب میں بٹیا رانی ہاتھ پکڑ کر گھسیٹتی ہوئی گیسٹ روم تک ڈیڈی کو لائیں۔ ارے یہ کیا ــــــ؟ نیا شیلف! پورے تین سو روپے میں بنوایا تھا۔ کیلے چبھے ہوئے، ہتھوڑی کی مار سے پالش جگہ جگہ سے اکھڑی ہوئی ــــــ گوند سے چپکائی گئی جھنڈیاں ــــــ جھولتے غبارے، رنگین پھول ــــــ اُف ــــــ اُف۔ "یہ سب کیا ہے بے بی؟" ڈیڈی بھپھر کر بولے۔

"جی گڑیا گھر!"

اب تو ڈیڈی کا پارہ آخری سرے تک چڑھ گیا۔ ابھی کچھ پٹائی کرتے ہی تھے کہ امی ہائیں ہائیں کرتی لپکی آئیں۔

"اے لو ــــــ بھلا عید کے دن بچی پر ہاتھ اٹھاؤ گے؟"

ابا نے گڑبڑا کر امی کو دیکھا پھر اپنی لاڈو کو۔ منہ سے تو کچھ بولے نہیں مگر پیر پٹختے کمرے کو چلے گئے۔

دوسرے دن ابا نے اپنے کمرے میں شیلف منگوایا ــــــ سب کیلیں، جھنڈیاں، جھاڑ جھنکار، غبارے اور پھول نکال باہر کیے ــــــ اب جو شیلف اپنی اصلی صورت میں سب کے سامنے آیا تو سب دیکھتے ہی رہ گئے۔ لگتا تھا، ہراج گھر سے دو چار روپے میں اٹھا کے لائے ہوں گے۔

بی گڈی کا یہ عالم کہ کاٹو تو لہو نہیں بدن میں ــــــ ساری چہک چہکار ہوا ہو گئی۔ اب کے تو ابا کو بھی اپنی "بلبل ہزار داستان" پر پیار نہ آیا۔ بار بار

غصے سے گھورا کئے اور پھر نتیجے میں رانی بٹیا سے بول چال بند کردی۔

اور جناب آپ کو معلوم ہے کہ لاڈلے بچوں سے ماں باپ بات بند کر دیتے ہیں تو کیا ہوتا ہے ــــ؟ انھیں بہت دکھ ہوتا ہے، جسے وہ مشکل برداشت کر پاتے ہیں اور پھر بیمار پڑنا تو لازمی ہے ــــ گڈی بی بی نے بھی کھٹی کھائی ــــ کچھ تو موسم ہی بدل رہا تھا اور کچھ ان کا دل ہی اداس تھا ــــ! پلنگ پر پڑے پڑے انھیں بس یہی خیال آتا کہ ہائے سب کے سامنے کیسی رسوائی ہوئی ــــ بلا سے ڈیڈی دو چار طمانچے ہی جڑ دیتے۔ مگر اف انھوں نے تو بات ہی بند کردی ــــ اچھی بری کوئی بات سنتے نہ جواب دیتے، اسکول کی رپورٹ آتی تو کچھ توجہ بھی نہ دیتے۔ گڈی نے اپنے کمرے میں ایک دن یہ بھی سُنا ــــ ابا، امی کی بات کے جواب میں کہہ رہے تھے۔

"ہمیں ایسی اولاد کی ضرورت نہیں جو ہمیں اس قدر پریشان کرے۔"

اس نے صاف دیکھا کہ ڈیڈی یہ جانتے تھے کہ وہ یہ باتیں سُن رہی ہے تب بھی اس کے دل کا کوئی خیال نہ کیا۔ ہائے اللہ، ڈیڈی کو میری ضرورت نہیں۔ امی کو بھی نہیں۔ منّو کو ــــ چنّو کو ــــ رابی منّی ــــ پنکی ــــ یہ سب مجھ سے کٹے کٹے رہتے ہیں۔ کیا سچ میں بہت بری ہوں ــــ؟

ہاں چنّو کہتا بھی تو تھا کہ دیکھ لینا ایک دن تم اتنا دکھ اٹھاؤ گی ــــ اُف تمھاری زبان ہے کہ قینچی ــــ اور توبہ ــــ کہیں لڑکیاں بھی اتنی شرارت کرتی ہیں ــــ؟؟ اور اب امی ــــ ڈیڈی ــــ بھائی بہان

۔ کوئی مجھے نہیں چاہتا ـــــ کوئی نہیں ـــــ اُف.......

پھر ایک دن ڈاکٹر صاحب کمرے سے باہر نکلے اور ابا کے کمرے میں پہنچ گئے، ابا نے بے تابی سے پوچھا۔

"کیوں ڈاکٹر صاحب اب کیا حال ہے بیٹی کا؟"

ڈاکٹر صاحب مسکرائے۔ "شریر بچے بہت ذہین اور بہت حساس بھی ہوتے ہیں پروفیسر صاحب۔ میرے خیال سے اب آپ کو اور بیگم صاحبہ کو کبھی شکایت نہ ہوگی کہ رانی بٹیا شرارتی ہے، ضدی ہے، کسی کا کہا نہیں مانتی۔ میں نفسیاتی طور پر اس کے دل میں اتر چکا ہوں۔ اب اس وقت تو اسے صرف آپ کے ذرا سے بلاوے کی ضرورت ہے۔ اتنے دنوں سے جو آنسو رک چکے ہیں ان کا بہہ نکلنا بھی بہت ضروری ہے۔"

ڈیڈی لپک کر اُٹھے اور پردے کے پاس جاکر پوچھا۔ "کیوں سبل بی اب کے ٹیسٹ میں تمھارے مارکس بہت کم ہیں کیا بات ہے؟!"

اتنا سننا تھا کہ بی گڈی بے تابی سے اٹھیں اور ڈیڈی سے لپٹ کر پھوٹ پھوٹ کر رونے لگیں۔ "آپ ہی نے محبت اور توجہ چھوڑ دی۔ تو پڑھائی میں خاک جی لگتا...... امی بھی دور دور رہتی تھیں۔ اور سب.... بھائی جان ـــ" ہچکیاں منہ سے آواز نہ نکلنے دیتی تھیں۔

ڈاکٹر صاحب ڈیڈی کو دیکھ دیکھ کر مسکرا رہے تھے ـــــ اور گڈی کہے جارہی تھی۔

"اگر ہمیں معلوم ہوتا کہ شرارت اتنی بُری چیز ہے کہ اتنی ڈیڈی سے ٹوٹ جانا پڑتا ہے تو —— تو —— ہم کبھی یوں اللہ ایسی شرارت نہ کرتے۔"

ہائے بے چاری موٹی موٹی گوری گوری گڑیا اس وقت کیسی دبلی اور زرد نظر آ رہی تھی —— اور یہ سب کچھ تین چار ہفتوں میں ہی تو ہوا —— ڈیڈی نے ذرا سا مسکرا کر ڈاکٹر صاحب کو دیکھا۔ اور بے بی کو گلے لگاتے ہوئے بولے۔

"سچ مچ اب اچھی بچی بن جاؤ گی۔"

"جی ہاں ——" وہ آنسو پونچھ کر بولی۔ "اور وہ تین سو روپے ہم پر ادھار سمجھئے —— ڈاکٹر بن جاؤں گی تو پہلی تنخواہ آپ کے ہاتھ میں لا کر رکھ دوں گی ....——"

"اچھا اچھا" ڈیڈی پیار سے بولے "بہت تیز ہے ماشاءاللہ"

پیچھے سے چنو نے جلا بھنا طعنہ چھوڑا۔

"بھلا بلبل ہزار داستان چہکنا چھوڑ سکتی ہے؟!"

ماہر باورچن

بھئی! بچپن میں ہمیں بھی آپ ہی کی طرح گڑیاں کھیلنے اور ہنڈ کلیا پکانے کا بے حد شوق تھا ـــــ اور چونکہ دو چار بار گھر والوں اور باہر والوں نے ہمارے ہاتھ کے پکائے کھانوں کی تعریف بھی کر دی تھی اس لئے ہم یہ سمجھتے تھے کہ دنیا میں ہم سے بڑا باورچی کوئی نہیں ـــــ اسکول میں پکوان کا بھی ایک پیریڈ ہوتا تھا اور ہم وہاں سے بڑے اچھے اچھے پکوان سیکھ کر گھر میں اپنی دھاک بٹھایا کرتے!

ایک دن خالہ جان کے ہاں ہم سبھوں کی دعوت تھی ـــ کھانے پر یوں تو کئی قسم کے میٹھے بھی تھے اور نئے نئے سالن بھی ـــ مگر ایک سالن ایسا تھا کہ سب اُسی پر جتے ہوئے تھے ـــ ہم نے بھی اُسے چکھا۔ اور بہت ہی لذیذ معلوم ہوا۔ بازو بیٹھی رابعہ (خالہ جان کی نک چڑھی بیٹی) سے پوچھا ـــ

کیوں بھئی یہ کاہے کا سالن ہے؟" ـــــ

وہ بھویں چڑھا کر بولی ——"ارے —— پائے کا اور کاہے کا —— کیوں تم نے کبھی نہیں کھایا؟"——

میں چڑ کر بولی ——"ارے واہ کھایا کیسے نہیں۔ ہزار بار کھایا اور پکایا بھی"——(حالانکہ حقیقت یہ تھی کہ پہلی بار کھا رہے تھے)

"کس نے سکھایا"—— وہ حیرت سے بولی ——

"کس نے سکھایا؟" میں تیزی سے بولی ——"ارے ہمارے اسکول میں پکوان سکھائے جاتے ہیں کہ نہیں —— وہیں سیکھا"——

رابعہ ذرا ڈر گئی ——"ہمیں تو نہیں آتا بھئی —— کم بخت! یہ جلدی گلتے ہی نہیں ——"

"شاید تمھیں پکوان سے دلچسپی نہ ہو"—— میں نے اس انداز سے کہا! جیسے میں دنیا کی سب سے اچھی سب سے ماہر باورچن تھی)

اس نے بیٹھے بٹھائے ایک نئی تجویز پیش کردی۔

"تمھارے پاس گڑیا ہے؟"——

"ہاں ہے تو سہی —— پھر؟"——

"تو یوں کریں گے کہ ہم اپنے گڈے کی شادی تمھاری گڑیا سے کریں گے۔ اور تم شادی کے دن براتیوں کی تواضع اپنے ہاتھ کے پکائے ہوئے پائے کے سالن سے کرنا —— آں —— ؟"

بھلا ہمیں کیا عذر ہو سکتا تھا —— ہم نے فوراً تجویز مان لی ——

دستر خوان پر اور بھی گھر کے بڑے لوگ تھے ـــ کچھ ہماری باتیں بھی سن رہے تھے ـــ ایک پھوپھی، ہماری تعریف میں نانی اماں سے بولیں ـــ

"خالہ جان ـــ واقعی آپ نے اپنی لڑکیوں کی خوب تربیت کی ہے ـــ اتنی سی عمر دیکھو اور سب کچھ پکانا آتا ہے ـــ"

ہم اپنی تعریف کے مارے پھولے جا رہے تھے۔ اس لئے موج میں آ کر سبھی لوگوں کو دعوت دے ڈالی کہ ہم نے اپنی گڑیا کی شادی مقرر کی ہے۔ آپ لوگ بھی رونق بڑھائیں ـــ سب کو بھلا کون ایسی رکاوٹ تھی۔ سب نے دعوت قبول کر لی ـــ

دعوت کے دن ہم ذرا بھی پریشان نہ تھے ـــ پریشانی کی بات بھی کیا تھی؟ پریشان تو وہ ہوتے ہیں جناب جنھیں پکانا نہیں آتا ـــ دوسری بہنیں اور ہمارے براتی تو شادی کے انتظام میں لگ گئے اور ہم نے چولھے کا رخ کیا ـــ سب سے پہلے تو ہم نے ایک کلہاڑی لی اور ایک بھائی کی مدد سے سونے کے کمرے میں پہنچ گئے۔ اب سوال یہ تھا کہ کون سے پلنگ کے پائے پکائے جائیں ـــ وہاں خالہ جان کے ہاں ہم نے کہیں یہ بھی سنا تھا کہ چھوٹے پائے زیادہ مزے دار ہوتے ہیں ـــ اب ہم اسی دھن میں رہنے لگے کہ ننھے کا پلنگ توڑیں یا پھر شمو بی بی کا ـــ ننھے کے پلنگ کی خبر لی تو پتہ چلا کہ کھٹمل بہت بھرے ہیں ـــ

توبہ ــــ بھلا برائی کیا سوچیں گے ؟

شموتو کے پلنگ پر گئے تو وہ بہت ہی چھوٹا پلنگ تھا ــ اتنے سارے براتیوں کو بھلا اتنے سے پائے کیسے کافی ہو سکتے تھے ــ ؟ تنگ آ کر ہم نے خود نانی اماں کے پلنگ کے پائے پکانے کی سوچ لی۔

نانی اماں کا پلنگ اصل ساگوان کی لکڑی کا تھا اور بڑا بھی تھا ــ ہم نے اللہ کا نام لے کر کلہاڑی چلوادی اور جناب ڈھیر بھر پائے دیکھتے ہی دیکھتے تیار ہو گئے ــ اب ہم نے تمام پائے اٹھا کر بڑے سے بگونے میں ڈالے۔ اور انھیں خوب صاف دھو لیا ــ دوسرے بگونے میں بہت سا تیل، پیاز، مرچ اور مسالحہ ڈال کر پائے بگھار دیئے اور نمک ڈال کر ڈھکنا ڈھانک دیا ــ

اب بھئی پائے ایسی چیز تو ہیں نہیں کہ یوں ہی جلدی سے گل جائیں۔ ہم اپنی ہانڈی چولھے پر چھوڑ، ادھر شادی کے دوسرے انتظامات میں مصروف ہو گئے ــ شام ہوتے ہوتے ہماری سمدھن بھی اپنے بیٹے دگڈے کو لے کر آ گئیں ــ اور سارے گھر میں خوب دھوم ہو گئی ــ

اب چونکہ خاصی دیر ہو گئی تھی۔ اس لئے ہم کو پایوں کی دھن سوار ہو گئی۔ جا کر ڈھکنا کھولا تو دیکھا کہ پائے مزے سے کھد بد پک رہے ہیں۔ چمچے میں لے کر دیکھا تو گلنے کا پتہ ہی نہ تھا ــ سخت وحشت سوار ہوئی کہ خدا وندا اب کیا کریں ــ کیونکہ اس وقت تک شام ہو چکی تھی۔

اور اب تھوڑی ہی دیر میں کھانے کا غلغلہ اٹھنے والا تھا ـــــ

ہم نے ماما سے کہا کر خوب اچھی آنچ لگائے تاکہ پائے جلدی سے پک سکیں ـــــ وہ منہ سے تو کچھ نہ بولی۔ پر آنکھوں میں حیرت بھرے ہمیں گھورنے لگی ـــــ نہ رہا گیا تو اتنا ہی بولی۔

"دوئی بی بی، کہیں پائے یوں پکتے ہیں؟"

جھلاہٹ تو سر پر سوار تھی ہی ـــــ ہیں الجھ کر بولی ـــــ

"اب تم باتیں نہ بناؤ ـــــ جو میں کہتی ہوں وہی کرو"ـــــ

وہ بے چاری سر جھکا کر چولھے میں پھونکیں مارنے لگی ـــــ

دو تین چکر لگا کر پھر جو باورچی خانے کی خبر لی تو پائے اپنی سابقہ حالت سے ایک انگل بھی آگے نہ بڑھے تھے۔

"ہائے خدا اب ہو گا کیا ـــــ؟" بس رہ رہ کر یہی خیال ستا رہا تھا ـــــ

اک دم صمد حسن اور براتیوں نے شور مچانا شروع کر دیا کہ بھئی بہت رات ہوئی جا رہی ہے ـــــ ہمیں دور جانا ہے ـــــ کھانا کب لگاؤ گی ـــــ؟"

بوکھلا کر پھر باورچی خانہ کو دوڑے ـــــ پائے تو قسم کھا چکے تھے کہ ہم آج گلا ہی نہیں۔ چاہے تم کچھ ہی کر لو ـــــ خالہ جان کے ہاں کے پائے تو اس قدر اچھی طرح گلے ہوئے تھے کہ حد نہیں ـــــ بھلا رابعہ کیا سوچے گی کہ کیسا اسکول ہے جہاں گوشت گلانے کا طریقہ

کبھی نہیں سکھایا جاتا ــــ ؟

پھر سوچا ــــ، اونہہ ہوا ہی کیا ــــ نہ سہی پائے شوربہ ہی کھالیں گے ــــ اور جو پالیوں کے بہت ہی شوقین ہیں تو دانتوں کو کام میں لائیں، آخر خدا نے دانت اور کس دن کے لئے دیئے ہیں" ــــ ؟!

چلئے صاحب ! ــــ دسترخوان بچھا ــــ کھانا چُنا گیا اور سب بلوائے گئے ــــ اب جو سب اپنی اپنی رکابیوں میں پائے کا سالن لیتے ہیں تو رکابیوں میں پائے یوں کھڑکھڑ بج رہے ہیں جیسے لکڑی کے ٹکڑے ــــ سب نے چونک کر ایک دوسرے کو دیکھنا شروع کیا ــــ

"ارے یہ کیا ہے ؟" ــــ

"ارے بھئی یہ کیسا سالن ہے ؟" ــــ

"بھئی اسے کیسے کھائیں ؟" ــــ

جتنے منہ اتنی ہی بولیاں ــــ ہم اپنی جگہ کھسیائے جا رہے تھے ــــ اک دم وہی خالہ جان (جن کے ہاں پائے کھائے گئے تھے ــــ عمر میں پہلی بار ــــ) بولیں ــــ

"بیٹی تم نے یہ کیسا سالن پکایا ہے ؟" ــــ

نانی اماں بولیں ــــ اور پائے تم نے کس کے ہاتھ سے منگوائے تھے ــــ ؟"

"منگوائے تھے ؟؟" ــــ میں حیرت سے بولی ــــ "منگوانے کی

کیا ضرورت تھی! گھر میں اتنے سارے پلنگ ہیں تو باہر سے کون منگواتا؟"

"ہائیں" ـــــ کئی آوازیں ایک ساتھ ابھریں ـــــ "تو تم نے پلنگ کے پائے پکائے ہیں؟"

"تو پائے بھیر اور گائے کے ہوتے ہیں؟" ـــــ میں حیران ہو کر بولی۔

اک دم اتنے سارے قہقہے کانوں سے ٹکرائے کہ بہرے ہونے کی نوبت آ گئی اور میں کچھ نہ سمجھ سکی۔ ـــــ

(آپ سمجھ گئے نا! بات دراصل کیا تھی؟)

اب اتنے دن گزر جانے پر کوئی پوچھتا ہے ـــــ "ہاں واجدہ بی بی! تمھیں کھانا پکانا آتا ہے؟" ـــــ تو اس قدر کھسیاہٹ سوار ہوتی ہے کہ حد نہیں ـــــ

اس کہانی کا نتیجہ بس یہی نکل سکتا ہے کہ آپ اسکول میں سکھائے گئے پکوانوں کے بل بوتے پر خود کو ماہر باورچن نہ سمجھ لیں ـــــ

پاگل

"کوئی حد ہے آخر" رازی نے سر جھٹک کر کہا۔ "ہونہہ۔ جب دیکھو تب کتابیں۔ جب دیکھو تب پڑھائی بندہ تو بالکل عاجز ہو کر رہ گیا ہے۔ اور اب اس کا حل بھی سوچ لیا ہے۔"

کمرے میں بیک وقت کئی آوازیں گونجیں "کیسا حل — ؟ ذرا ہمیں بھی تو بتائیے .. !"

باہر باغ میں بڑے بھیا کرسی ڈالے ناول پڑھنے میں مشغول تھے۔ ایسی زوردار آوازیں سنیں تو ان کا سارا دھیان ادھر ہی لگ گیا۔ اندر سے رازی صاحب کی آواز آرہی تھی۔

"حل ؟ کیسا حل ؟ ارے صاحب یہ بھی کوئی بڑی بات ہے اب سب کو پتہ چلے گا کہ مار مار کر کام لینے اور باندھ باندھ کر پڑھانے کے کیا معنی ہوتے ہیں؟"

پھر وہی چوں چوں چیں چیں سی آوازیں ابھریں اور اب کی بار ذرا جھلائی ہوئی آواز میں ڈکی نے پوچھا۔

" ارے صاحب بتانا ہو تو بتا دیجئے، ڈینگیں مارنی تو سبھی کو آتی ہیں۔"

یہ وار رازی صاحب برداشت نہ کر پائے اور بھبھک کر بولے۔

" بندہ آج سے پاگل ہے۔"

" ہائیں پاگل۔" سب گھبرا گئے۔

" ہاں ہاں بھئی پاگل۔" رازی صاحب متانت سے بولے۔" اس میں یوں حیرت کی کون بات ہے؟"

" تو جناب اس سے کیا فرق پڑے گا؟" گڑیا بولی۔

" وہ تو آپ دیکھ ہی لیں گی۔"

" پھر بھی کچھ بتایئے تو۔" گڑیا نے خوشامد سے پوچھا۔

" ارے بھئی بس یہی نا۔ جیسے اب امّی کہیں گی۔" بیٹے اسکول نہ جاؤ گے۔" تو ہم بیٹھے ان کا منہ تکا کریں گے۔ اگر بھائی جان نے کوئی کام بتایا تو زور زور سے ہنسنا شروع کر دیں گے۔" ماسٹر صاحب آیا کریں گے تو جھٹ الٹی سیدھی حرکتیں شروع کر دیں گے ——— کبھی کوئی قمیص پھاڑ ڈالی تو کبھی سیاہی کپڑوں پر گرا لی۔"

" ہے ہے خدا کے لئے کوئی نئی قمیص نہ پھاڑ ڈالنا بھیّا۔ روبی گھبرا کر بولی۔" آج کل تو کپڑا یونہی مہنگا ہو رہا ہے۔"

" ارے جناب ہم کوئی دیوانے ہیں؟، موقع محل دیکھ کر پاگل ہوا کریں گے۔" مجال ہے جو نئی قمیص یا پاجامہ کہیں سے مسکس بھی جائے۔"

دبی دبی سرگوشیاں، اور پھر ہنسی اور پھر نت نئے سوالات — بڑے بھیّا نے بور ہو کر ناول یونہی گھانس پر ڈال دیا اور خود اندر چل دیئے۔

"اور جو کھانے کا وقت ہوا کرے گا تو؟"

"تو مزے سے ہر چیز کھالیں گے نا بھیّا؟" روبی نے اپنی طرف سے ہی جواب گھڑ ڈالا۔

"ہش ایسا کیا میں پاگل ہوں۔ وہ تو گھر والے تبھی بھانپ جائیں گے پہلے پہل تو میں کھانے کی ہر چیز پھینک دیا کروں گا۔" رازی نے ہر چیز پھینکے جانے کے خیال سے افسردہ ہو کر کہا۔

"چچ۔ چچ۔ چچ" سبھی افسردہ ہونے لگے۔ اب جانے کیا کھانے کو دیا جائے اور وہ پھینک دیا جائے ہے نا افسوس کی بات —"

"فرض کیجئے کسی دن آپ کو آئسکریم دی جائے تو؟"

"ہا—" رازی نے ایک گز لمبا سانس بھرا "وہ بھی پھینک دینی پڑے گی۔"

"اور کبھی چاکلیٹ دیئے گئے تو!"

رازی کی بشاشت لوٹ آئی۔ "وہ تو بڑی اچھی بات ہو گی جی — چاکلیٹ کوئی آئسکریم تھوڑی ہی ہیں کہ جھٹ پٹ گھل جائیں وہ میں اِدھر اُدھر پھینک دوں گا اور پھر بعد کو سمیٹ لیا کروں گا۔"

"ہاں یہ بات تو ٹھیک ہے" روبی کو اپنے بھائی پر حد درجہ ترس آرہا تھا۔

" اور بھیا ہاں میں امّی سے کہہ کہہ کر آپ کو زیادہ تر چاکلیٹ ہی دلوایا کروں گی ۔"

مکرم سے ڈکی نے ایک روح فرسا منظر پیش کر دیا ۔

" اور جو کبھی امّی یا ڈیڈی نے آپ کو پاگل خانہ بھجوا دیا تو ۔"

ہائے غضب ــــ ! رازی صاحب پاگل ہوتے ہوتے بچے اور روبی، گڑیا رونے پر اتر آئیں ۔

" ہائے بھیّا آپ تو پاگل خانہ بھجوا دیئے جائیں گے ــــ ! "

رازی نے صورتِ حال سے نپٹنے کے لئے سینہ ٹھونکا ۔

" ارے گرتے ہیں شہسوار ہی ......"

ڈکی، وقار، اسلم وغیرہ نے جھٹ مصرعہ اٹھایا ــــ میدانِ جنگ میں ۔

" وہ تو یقیناً گرتے ہوں گے ۔" روبی الجھ کر بولی ۔" مگر وہاں آپ پاگلوں کے بیچ رہیں گے کیسے ــــ ؟ "

" میں ان کے اسکیچ بنا کر وقت گذلوا کروں گا ارے یہ کون سی رونے کی بات ہے ــــ ! اور پھر کچھ دن بعد تو غالباً امّی ڈیڈی واپس بلوا ہی لیں گے ــــ "

" مگر قبلہ کتنے دنوں کے لئے آپ نے یہ پروگرام بنایا ہے ؟" اسلم سر کھجلاتے ہوئے بولا ۔

"بھائی بس اپنے امتحان ختم ہولیں —— روز پڑھائی، روز پڑھائی، دن کو پڑھائی رات کو پڑھائی، سونے سے پہلے پڑھائی، سونے کے بعد پڑھائی، واللہ بھیجا آؤٹ ہے اپنا —— اُدھر امتحان ختم اِدھر اپنا پاگل پن ختم۔"

"مگر اگلے سال تو پڑھنا ہی پڑے گا نا؟" گڑیا عبرت انگیز لہجے میں بولی۔

"جب کی جب دیکھی جائے گی۔ تین مہینے کا ریسٹ بھی کوئی معمولی چیز نہیں ہے۔"

دوسرے دن گھر میں کہرام مچا ہوا تھا۔

ہوا یہ کہ حسبِ معمول جب شام کے چھ بجے انگریزی پڑھانے والے ماسٹر آئے تو رازی نے انتہائی ذہین لڑکا ہونے کے باوجود بھی ہر بار Moon کے معنی سورج بتائے Milk کے معنی پانی —— اور Husband کے معنی بوڑھا —— پہلے تو ماسٹر صاحب سمجھے شریر بچہ ہے مذاق کرتا ہوگا۔ مگر رازی تو ہر بار اوندھے ہی جواب دیتا گیا۔ آخر جب عاجز آکر ماسٹر صاحب نے ایک آدھ دھموکا جڑا تو رازی نے بھی جوابی کارروائی شروع کردی۔ اور ایک کے بدلے تڑاتڑ کر کے ماسٹر جی کی پیٹھ کر دس گن دیئے۔

ہائے غضب —— بھلا کسی شاگرد نے ماسٹر کے دھپے جڑے ہوں گے —— ؟؟ ماسٹر صاحب نے چیخنا شروع کر دیا —— ادھر

اُدھر سے گھر کے سارے بزرگ جمع ہو گئے۔ ڈیڈی کی پریشانی اور امّی کے آنسو قابل دید تھے۔ اُف بے چارہ رازی پاگل ہوگیا ـــــ! کتنا ذہین ـــــ کتنا چالاک، کتنا پڑھاکو لڑکا تھا! اور صرف گیارہ سال کی عمر میں اتنا اچھا آرٹسٹ بھی! اس سے کتنی امیدیں وابستہ تھیں۔ اور کیا ہوگیا ـــــ!

ڈیڈی نے جب رازی کے سر پر پیار سے ہاتھ رکھا اور اس کا مزاج پوچھنے لگے تو رازی بے تحاشا قہقہے لگانے لگا۔ ہاہا کرکے آسمان ہی سر پر اُٹھا لیا۔ "ہائے میرا بچہ۔ موئی کم بخت پڑھائی جب دیکھو تب کتابیں جب سُنو تب کتابیں۔ ہائے یہی حشر ہونا تھا۔ اب میں کیا کروں گی خداوند میرے بچوں میں سب سے ذہین یہی تو تھا۔ ماسٹر صاحبان تو کہتے تھے اسے جلد ہی لندن بھجوا دیں گے۔ اب کون لندن جائے گا؟ اب میں کیا کروں؟ وہ ہاتھ مل مل کر دہائیاں دینے لگیں۔

ڈیڈی نے پریشان ہوکر سر ہاتھوں میں دبوچ لیا!

شام تو یوں گذری رات کے کھانے پر بھی رازی نے خوب اودھم مچایا۔ ایک دو پلیٹیں پھینک دیں (مگر تام چینی کی تاکہ ٹوٹنے نہ پائیں) سالن ٹیبل پر اوندھا دیا۔ روٹیاں پانی کے جگ میں ڈبو دیں۔ البتہ جب میٹھا سامنے آیا تو سُن ہوگئے۔

امّی کی آنکھوں میں آنسو اُمڈ آئے۔ "ہائے میرے بچے کو میٹھا کس قدر

پسند تھا۔"

بڑے بھیا دکھ سے بولے۔" میٹھا دیکھ کر بیچارے کو ماضی یاد آرہا ہوگا!"

اتنے میں رازی نے میٹھے کی پلیٹ اٹھا کر اپنے سر میں الٹ دی تھی اور اب یہ حال تھا کہ کیلے اور پھلوں کے قتلے تو بالوں کے جنگل میں اٹک کر رہ گئے تھے۔ مگر دودھ ان کے چہرے کو دھلاتا قمیض کو بھگو رہا تھا۔

ڈیڈی نے بوکھلا کر ڈاکٹر صاحب کو فون کیا اور امی نے یہ سمجھ کر کہ گرمی سے دماغ پریشان ہوگیا ہوگا۔ اسی وقت ٹھنڈے پانی سے نہلوا کر صاف کپڑے پہنوائے۔

ڈاکٹر صاحب کے سامنے بھی رازی نے وہی ہنگامے اٹھائے —— وہ نبض دیکھنی چاہتے تو ان کی انگلیوں پر کاٹ کھاتے (ڈاکٹر صاحب جو ہمیشہ کڑوی دوائیاں اور تیز انجکشن بھونکتے رہے اس کا بدلہ چکانا بھی تو ضروری تھا) تھک ہار کر ڈاکٹر صاحب بیٹھنے کو ہوئے تو پیچھے سے کرسی گھسیٹ لی اور ڈاکٹر صاحب مع اپنی ڈاکٹری کے زمین پر! بے چارے کھسیانے تو بہت ہوئے۔ مگر واسطہ پاگل کا تھا کیا کرتے —— ؟ ان کی دماغی حالت کا اندازہ لگانے کو دن بھر کے واقعات پوچھے گئے کہ آیا رازی میاں کو کوئی تکلیف وہ بات تو نہیں ہوئی۔ سب باتیں

پوچھ لی گئیں مگر نتیجہ وہی رہا۔ امّی کی آنکھ کا آنسو نہ تھمتا تھا۔

بہت مشکلوں سے رازی کو بستر پر لٹایا گیا تو دو ایک منٹ تو چپکے پڑے رہے۔ پھر ایک دم تکیوں کو نوچنا شروع کر دیا۔ چادر اٹھا کر پھینک دی اور گدیلے کو نوچ کر اس میں سے روئی برآمد کرنے لگے۔ اور بکنے لگے

"امّی یہ آئسکریم اتنی گرم کیوں ہے ——؟"

جنون اتنا بڑھا کہ چلّا چلّا کر رونے اور روتے میں ہنسنے لگے۔

"ڈاکٹر صاحب آخر مرض کے اسباب کیا ہوں گے ——" ڈیڈی نے تشویش سے پوچھا۔

ڈاکٹر صاحب چونکہ رازی کے پچھلے ریکارڈ سے واقف تھے اس لئے سر کھجا کر بولے "میں سمجھتا ہوں پڑھائی، مسلسل پڑھائی سے سر پھر گیا ہے" امّی بپھر کر بولیں۔ "آگ لگے موئی پڑھائی کو —— اب میرا لال اچھا ہو لے۔ ذرا کتاب کو چھو تو لے۔ ساری کتابیں جلوا دوں گی۔ زندگی سے بڑھ کر پڑھائی تو ہے نہیں۔" (کس قدر دل خوش کن جملے ہیں خداوند —— رازی نے دل ہی دل میں سوچا!)

ڈاکٹر صاحب کے مشورے سے رازی کے سر پر برف رکھی گئی اور کھانے کو آئسکریم پیش کی گئی۔ رازی نے ٹھنڈی سانس بھر کر آئسکریم سر پر انڈیل لی۔ جو سر پر سے ہوتی ہوئی کچھ منہ کے اندر بھی جا اتری (میٹھا پھینکنے کا یہ طریقہ بہت کارآمد تھا کہ کچھ نہ کچھ تو منہ میں پہنچ ہی جاتا تھا)

بہت مشوروں کے بعد یہی طے پایا کہ رازی کو دوسرے بچوں سے الگ کردیا جائے۔ سوائے پاگل خانے کے اور کہاں بھجوائے جا سکتے تھے؟ بچوں کا حال تباہ تھا کہ اُن کے پیارے رازی بھیا چلے جا رہے ہیں۔ اور امّی کا تو پوچھئے ہی نہیں۔ دوسرے دن بھی رازی کی وہی حرکتیں تھیں۔ نہ منہ دھویا نہ کپڑے بدلے۔ بیٹھے منہ اچکاتے رہے۔ یا بندروں کی طرح اُچھلتے رہے۔

"امتحان کو صرف تین ماہ رہ گئے ہیں۔ کاش رازی اس وقت پاگل نہ ہو جاتا۔" بڑے بھیا افسوس کے ساتھ بولے۔

امّی چڑ کر بولیں "پھر وہی امتحان کا رونا — جان سے بڑھ کر پڑھائی ہو گئی یہاں تو۔ اللہ بچائے ایسی تعلیم سے کہ دماغ ہی الٹ جائے۔"

رازی نے وحشی پن سے امّی اور بڑے بھیا کو دیکھا اور پھر ہنس ہنس کر اُچکنے لگا۔

کس قدر بُرا دن تھا وہ — ! رازی پاگل خانہ بھجوایا جا رہا تھا۔ گھر پر اس قدر ویرانی چھائی ہوئی تھی، در و دیوار روتے ہوئے دکھائی دے رہے تھے اور سارے بچے اس قدر غمگین تھے! امّی نے ایک بکس میں رازی کے کپڑے رکھ دیئے تھے اور ساتھ میں بستر بھی دے دیا تھا۔ ایک باسکٹ میں پھل پھلاری اور پھر ان کے پسندیدہ کھلونے — سب چیزیں دیکھ دیکھ کر سبھی کو رونا آ رہا تھا — اس وقت سب ڈرائنگ روم میں بیٹھے تھے۔

پورٹیکو میں کار کھڑی کردی گئی۔ عجب خاموشی تھی! اتنے میں بڑے بھیّا اُٹھے اور اداسی سے رازی کے چہرے کو دیکھتے ہوئے بولے۔ "جانے سے پہلے بے چارے کو اس کے پسندیدہ ریکارڈ ہی سُنا دوں، شاید ماضی یاد آجائے۔"

تھوڑی دیر بعد ڈرائنگ روم کی خاموش فضا میں بم جیسا گرا۔

"مگر قبلہ کتنے دنوں کے لئے آپ نے یہ پروگرام بنایا ہے۔"

رازی کی آواز گونجی۔ "یہی بس اپنے امتحان ختم ہولیں۔ روز پڑھائی روز پڑھائی، دن کو پڑھائی، رات کو پڑھائی، سونے سے پہلے پڑھائی، سونے کے بعد پڑھائی، واللہ بھیّا آؤٹ ہے اپنا، اُدھر امتحان ختم اِدھر اپنا پاگل پن ختم۔"

سمجھے آپ! بڑے بھیّا نے ٹیپ ریکارڈ پر ان لوگوں کی اس دن کی ساری گفتگو ریکارڈ کرلی تھی۔ اس کے بعد کیا ہوا یہ نہ پوچھئے ورنہ رازی میاں مارے شرمندگی کے سچ مچ ہی پاگل ہوجائیں گے!

⁂

لنچ

جھاگ کی طرح سفید بال ـــــ کاموں کی زیادتی سے جُھکے ہوئے اعضا ـــــ خون کی کمی سے ہلکی پیلی رنگت ـــــ بڑی بڑی لیکن نم آلود آنکھیں ـــــ چہرہ! محبت اور شفقت سے بھرپور، بیک وقت مُسکراتا روتا سا چہرہ۔

یہ تھیں میری نانی اماں۔

میری ماں میری نانی اماں کی اکلوتی اولاد تھیں ـــــ شادی کے تین سال کے اندر ہی نانی اماں بیوہ ہوگئیں اور پھر ساری عمر، ساری بوگی اسی ایک بیٹی کے سہارے اُنھوں نے کاٹی، لیکن نانی اماں ایسی نصیبوں کی پوری تھیں کہ میری ماں اپنی بھرپور جوانی میں ہم آٹھ بہن بھائیوں اور شوہر کو نانی اماں کے سہارے چھوڑ کر خود مزے سے اللہ میاں کے یہاں چلی گئیں۔ (دو سال بعد ابو بھی امّی سے جا ملے) اب نانی اماں تھیں ـــــ اکیلی۔ بے سہارا۔ غریب۔ بوڑھی۔ اور ہم آٹھ چھوٹے چھوٹے بھائی بہن جن میں سب سے چھوٹی صرف چالیس دن کی تھی۔ ابو کے انتقال کے وقت میں تین سال کی تھی اور چھوٹی دو سال کی۔

ہائے ری غریبی! نانی اماں کو کس قدر کام کرنے پڑتے تھے ــــ کبھی بچوں کے کپڑے دھو رہی ہیں ــــ کبھی روٹی پکا رہی ہیں ــــ کبھی برتن دھو رہی ہیں ــــ شام ہونے پر چراغوں میں تیل بھر کر کمروں کمرے گھوم گھوم کر یہاں وہاں روشنی بکھیرتی پھر رہی ہیں ــــ ذاتی بڑا سا مکان تھا ــــ دو منزلہ ــــ بڑے بڑے آنگنوں میں جھاڑو لگاتی پھر رہی ہیں ــــ یہ سب تو تھا، لیکن نانی اماں کبھی کھانا کھاتی دکھائی دیتی ہی نہیں تھیں ــــ ہم لوگ ذرا بڑے ہوئے تو اس بات کی ذرا کھوج سی لگ گئی ــــ

"نانی اماں آپ اتنی محنت کرتی ہیں۔ اتنا سارا کام کرتی ہیں آخر آپ کھانا کیوں نہیں کھاتیں ــــ؟"

"ارے واہ ــــ بغیر کھانا کھائے کوئی دنیا میں زندہ رہا ہے ــــ"

"پھر آپ ہمیں کھانا کھاتی دکھائی کیوں نہیں دیتیں ــــ"

"دیکھو بچو ــــ" وہ ہمیں قائل کرتیں۔ "زیادہ کام کرنیوالے کو کھانا بھی اچھا، بہوت (وہ بہت پر زور دے کر بہوت کر دیتیں) اور طاقت والا چاہئے نا ــــ"

ہم ہاں کہتے تو وہ سمجھاتیں ــــ "تو دراصل میں بھی بہت اچھا، بہت سارا، بہت طاقت والا کھانا کھاتی ہوں۔ اور میرے کھانے کا وقت دوپہر میں ہوتا ہے۔ جیسے تم اسکول والے بچے "لنچ" کہتے ہو نا ــــ؟

تو بھئی میں لنچ میں اس قدر بہوت سا ثقیل کھانا کھا لیتی ہوں کہ وہ دن بھر ہضم ہی ہوتا ——— اور جب کھانا ہضم ہی نہیں ہوگا تو بھوک کیا لگے گی بس اسی لئے میں دن میں صرف ایک بار ہی کھانا کھاتی ہوں۔"

تیسرے نمبر کے جو بھائی تھے، بھوے قسم کے تھے۔ مگر چھوٹے والے بڑے کائیاں ——— کسی بات کی تسلی نہ ہوتی تو آخر تک بھینچا چاٹے جاتے ——— ذرا غیر یقینی انداز سے بولے" اور آپ کے لنچ میں ہوتا کیا ہے؟"

نانی اماں نے گنوانا شروع کیا۔" یہی زیادہ نہیں بس دو انڈے۔ گوشت ——— اصلی گھی ——— ایک آدھ میٹھا چاول۔ چپاتیاں۔ قیمہ۔ کبھی نان....."

" مگر نانی اماں" وہ منہ بسور کر بولے۔" ہمیں تو یہ ساری چیزیں سال میں دو تین بار بس عید پر ملتی ہیں اور آپ روز کھاتی ہیں!"

"ہاں بیٹا مجھے تو یہ سب کچھ روز کھانا ہی پڑتا ہے۔ تم ہی لوگ تو کہتے ہو کہ نانی اماں آپ اتنا کام کرتی ہیں کم زور ہو جائیں گی آپ اچھے سے اچھا کھانا کھایا کیجئے ———"

وہ باقاعدہ رونے کے موڈ میں آکر لمبے لمبے لوٹ گئے ——— ہمیں تو بس ناشتے میں، ایک کپ چائے مل جاتی ہے لنچ میں آپ ہمیں اتنا سا سالن ایک سوکھی روٹی میں لپیٹ کر اسکول کے لئے دے دیتی ہیں۔ اور رات میں وہی دال چاول اور خود ..... ایں ... ایں ——— ایں۔"

منجھلے بھیّا نے سمجھایا۔ ارے پاگل نانی آماں کو اچھا کھانا کھانا ہی چاہیئے۔ ورنہ اگر اللہ نہ کرے وہ کمزور ہو کر بیمار پڑ گئیں تو اتنے سارے آٹھ آٹھ بچّوں کا کام کون کرے گا؟ کون پالے گا ——"

" دیکھو تو سہی ——" نانی آماں روہانسی ہو کر بولیں —— میرے کھانے کو ٹوکتا ہے —— میں بوڑھی کم نصیب —— اچّھا نہ کھاؤں تو اتنے سارے کاموں کے کرتے کرتے مر نہ جاؤں ——"

اتوار کو سبھی بچّوں کی چھٹّی رہتی۔ اس دن نانی آماں ہمیں لوگوں کے ساتھ ہمارا والا ہی لنچ کھا لیا کرتیں —— اکیلے پکانے کی جھنجھٹ میں نہ پڑتیں —— ہاں باقی دن ان کا لنچ ہم سے الگ ہی پکتا۔ ویسے اتنی بات ہم سب ہی نوٹ کرتے کہ اتوار کے ایک دن بھی اُن سے ہمارا والا لنچ ذرا مشکل سے ہی کھایا جاتا —— کبھی اپنی پلیٹ کا آلو اُٹھا کر کسی کی پلیٹ میں ڈال رہی ہیں۔ قسمت سے گوشت ان کی پلیٹ میں ہوتا تو اپنی پلیٹ سے گوشت کی بوٹی اٹھا کر کسی نہ کسی کی پلیٹ میں چُپکے سے رکھ دیتیں —— سب بچے بعد میں آپس میں بولتے ——

" نانی آماں کو اچھا کھانے کی عادت پڑ گئی ہے نا —— دیکھو نا آج اپنی بوٹی میری پلیٹ میں ڈال دی —— انھیں کوفتوں کی یاد آ گئی ہو گی تو سادی بوٹی بھلا کیا کھائی جاتی —— ؟"

"دیکھا نانی اماں نے آج اپنی پلیٹ کا پورا سالن یہ کہہ کر رکھ دیا کہ رات کو بڑے بھیا مانگیں گے۔"

"بڑے گھروں کے بچے اچھا اچھا کھا کر زیادہ ہی ندیدے بن جاتے ہیں۔ غریبوں کے بچے روکھا سوکھا کھا کر صابر بن جاتے ہیں پھر بھی آخر کتنا صبر ——" ایک دن بچوں نے طے کیا کہ آج اسکول سے آدھے دن کی چھٹی لے کر اچانک دھاوا بول دیا جائے اور نانی اماں کے لنچ میں سے حصہ اڑایا جائے۔

وہ ایک بڑی ہی سائیں سائیں کرتی دھوپیلی دوپہر تھی —— ہم بہنوں نے اپنے اسکول سے اور بھائیوں نے اپنے اسکول سے آدھے دن کی چھٹی مانگی اور تپتی دوپہر میں لذیذ کھانوں کے تصور میں اچھلتے کودتے گھر پہنچے —— عین نانی اماں کے لنچ کے وقفے میں!!

سامنے برآمدے میں دری پر نانی اماں بیٹھے موڑھے کھانا کھاتی بیٹھی تھیں —— ہم نے چپکے سے جا کر جھانکا ——

سامنے ایک پیالے میں بغیر دودھ کی سیاہ چائے رکھی ہوئی تھی۔ ایک رکابی میں سخت اور روکھی روٹی کے سوکھے ٹکڑے رکھے ہوئے تھے۔ وہ ایک ٹکڑا روٹی کا اٹھا کر سیاہ چائے میں بھگوتیں، نرم کرنے کے خیال سے تھوڑی دیر اسے چائے میں پڑا رہنے دیتیں پھر اسے نکال کر منہ میں ڈالتیں — اور اگر وہ پھر بھی نرم نہ ہو پاتا اور حلق سے اتارنے

اتارنے میں مشکل ہوتی تو بازو رکھے ہوئے پانی کے گلاس سے ایک گھونٹ بھر کر اسے بمشکل نگل لیتیں۔

ہم لوگ چُپ چاپ کھڑے یہ منظر دیکھ رہے تھے ——— پوری زندگی کی داستاں جیسے سامنے کھلی پڑی تھی ——— پتہ نہیں کیسے نانی امّاں کو پتہ چل گیا کہ ہم لوگ پیچھے کھڑے ہیں ——— وہ گھبرا کر اپنا کھانا دوپٹے کے آنچل سے ڈھانکنے چھپانے لگیں، لیکن اب چھپا ہی کیا رہ گیا تھا ——— ؟

ہم لوگ خاموشی سے آکر سیڑھیوں پر بیٹھ گئے اور آنسوؤں بھری آنکھوں سے ایک دوسرے کو دیکھنے لگے۔

آج جب خدا نے واقعی اپنی رحمتوں سے نواز دیا ہے اور لنچ پر دودھ۔ دہی۔ گھی۔ گوشت۔ انڈے۔ بریانی اور میٹھوں کی بھرمار رہتی ہے تو اکثر مجھے ایک تپتی ہوئی ویران دوپہر یاد آجاتی ہے۔ اور لاکھ روکنے پر بھی آنکھوں سے آنسوؤں کی جھڑیاں لگ جاتی ہیں ——— ●●

بچوں کے لیے لکھی گئیں کہانیوں کا ایک اور مجموعہ

امن کانفرنس

مصنفہ : واجدہ تبسم

بین الاقوامی ایڈیشن جلد منظر عام پر آرہا ہے